‘मेरी प्रिय कहानियाँ का संकलन करते समय मुझे अपनी समस्त कहानियों पर एक बार फिर से नज़र डालनी पड़ी और मुझे लगा कि मेरी सभी कहानियाँ समान रूप से मुझे प्रिय हैं। मेरी इन कहानियों में तरह-तरह के मूड हैं, लेकिन हास्य और व्यंग्य के मूड अधिक हैं...अपनी कहानियों के माध्यम से मैंने कोई उपदेश नहीं दिया है। यह उपदेश, दर्शन अथवा सिद्धान्त कहानी को कला की कोटि से अलग कर देते हैं, मेरा तो कुछ ऐसा ही मत रहा है।... मेरी कहानियों में मनोरंजन पक्ष ही प्रबल है और मुझे अपनी सीमाओं का बोध है...और इसीलिए मेरी कहानियों में रोष नहीं है, आक्रोश नहीं है।

मेरी प्रिय कहानियाँ

भगवतीचरण वर्मा

राजपाल

ISBN : 978-93-5064-046-3

संस्करण : 2014 © भगवतीचरण वर्मा

MERI PRIYA KAHANIYAN (Stories) by Bhagvaticharan Verma

राजपाल एण्ड सन्ज़

1590, मदरसा रोड, कश्मीरी गेट, दिल्ली-110006

फ़ोन : 011-23869812, 23865483, 23867791

website : www.rajpalpublishing.com

e-mail : sales@rajpalpublishing.com

www.facebook.com/rajpalandsons

भूमिका

मैं साहित्यकार हूँ और साहित्य की प्रायः सभी विधाओं में मैंने आत्मविश्वास और अधिकार के साथ सृजन किया है। लेकिन साहित्य की केवल दो विधाओं में मुझे मान्यता मिली है, या मैंने मान्यता प्रदान करने की इच्छा की है, और ये दो विधाएं हैं—उपन्यास और कविता। निबन्ध, कहानी, नाटक—लिखे मैंने सब कुछ हैं, लेकिन अपने को नाटककार, कहानी-लेखक अथवा निबन्ध-लेखक की हैसियत से स्थापित करने के प्रश्न पर मैं उदासीन-सा रहा हूँ।

मेरे साहित्यिक जीवन का श्रीगणेश संगीतात्मक लय से युक्त कविता के साथ हुआ और मेरी किशोरावस्था में ही मेरी गणना छायावाद के प्रवर्तकों में होने लगी थी। लेकिन मेरे अन्दर एक सशक्त कहानीकार भी था जो काफी लम्बे काल तक कविता के लयात्मक आवेग की तह में ढका रहा।

मुझे याद हैं अपनी किशोरावस्था के वे दिन जब अपने विद्यार्थी-जीवन में ही मैं हिन्दी के उन दिनों के प्रसिद्ध कहानीकार एवं उपन्यासकार स्वर्गीय विश्वम्भरनाथ शर्मा कौशिक के घनिष्ठ सम्पर्क में अनायास ही आ गया था। उन दिनों प्रेमचन्द के समकक्ष ही विश्वम्भरनाथ कौशिक हिन्दी साहित्य में छाए हुए थे—यह बात सन् 1920-21 की है। प्रेमचन्द, कौशिक और सुदर्शन त्रिगुट हिन्दी साहित्य में कहानी और उपन्यास की विधा को सशक्त बना रहा था। कौशिक जी ने कानपुर से 'हिन्दी मनोरंजन' नाम का एक कहानी का मासिक पत्र निकाला था और उनकी प्रेरणा से मैंने उस मासिक पत्र में कुछ कहानियाँ लिखी थीं। वे कहानियाँ मेरी प्रयोगात्मक कहानियाँ थीं। मैंने उन कहानियों को कभी कोई महत्त्व नहीं दिया। और अब वे कहानियाँ कम से कम मेरे लिए खो गई हैं।

फिर सन् 1928-29 के आसपास मैंने 'पतन' नाम का एक उपन्यास लिख डाला, जो गंगा पुस्तकालय से प्रकाशित हुआ था। वह उपन्यास भी प्रयोगात्मक था। मैं तो उन दिनों कवि की हैसियत से स्थापित था और मैंने उस समय तक

उपन्यासकार अथवा कहानीकार बनने के विषय में गम्भीरतापूर्वक सोचा भी नहीं था।

कौन-सी प्रवृत्ति किस समय और किन परिस्थतियों में अनायास उभर आती है—यह हमेशा से ही एक रहस्य की बात रही है! सन् 1930—भयानक संघर्षों का काल था वह मेरे लिए और उस संघर्ष-काल में मेरे अन्दर वाला कथाकार कसमसा रहा था : अपने को आरोपित करके उन संघर्षों का मुकाबला करने के लिए। और सन् 1930 के अन्तिम चरण में मैं अनायास ही अपना उपन्यास 'चित्रलेखा' लिखने बैठ गया था। लेकिन जहां तक मुझे याद है, उस समय भी मैंने गम्भीरतापूर्वक अपने को कथाकार के रूप में आरोपित करने के प्रश्न पर ध्यान नहीं दिया था, मेरे अन्दर वाला कवि सक्रिय था।

मैंने उस समय तक पाश्चात्य कथा-साहित्य का अच्छा अध्ययन कर लिया था। मुझे नई दृष्टि मिली थी, मेरे सामने नये आयाम आए थे। और सन् 1934-35 के आसपास मैंने गम्भीरतापूर्वक कहानियाँ लिखनी आरम्भ कीं। धीरे-धीरे मैं कविता के क्षेत्र से हटने लगा। जहां तक मुझे याद है, मैंने उस काल में कहानी की विधा जो अपनाई थी वह तो अपने अन्दर कहानी लिखने की प्रेरणा के कारण, लेकिन प्रमुख रूप से अपने आर्थिक संकटों को दूर करने के लिए। दो उपन्यास लिख डाले थे मैंने उस समय तक—'पतन' और 'चित्रलेखा,' तीसरा उपन्यास 'तीन वर्ष' मैं लिख रहा था। लेकिन उपन्यासों से तत्काल आर्थिक समस्या का निदान नहीं मिल रहा था, कहानियों से कुछ-न कुछ प्राप्ति हो जाती थी।

कहानी-क्षेत्र को अपनाने के बाद मुझे यह अनुभव हुआ कि कहानी का ताना-बाना बुनने की मुझ में सशक्त प्रवृत्ति है। छोटी कहानी में केवल एक घटना या कुछ घटनाओं के माध्यम से पूरी बात कह देनी होती है, और इसलिए छोटी कहानी का क्रम मुझे कुछ श्रमसाध्य लगा। उपन्यास में ही कहानी के लम्बे ताने-बाने को बुनने की सुविधा प्राप्त होती है। अनेक सूत्रों को एक साथ बटोरकर सम्पूर्ण संतुलन के साथ कहानी कहने की जो प्रवृत्ति मुझे मिली है, उसका पूरा निखार मुझे उपन्यास के क्षेत्र में ही प्राप्त हो सकता है इसलिए आगे चलकर मेरे अन्दर छोटी कहानी का लेखक दब-सा गया।

मैंने बहुत थोड़ी कहानियाँ लिखी हैं, और कहानीकारों की श्रेणी में अपने को स्थापित करने का मोह मुझे कभी नहीं रहा है। लेकिन कभी-कभी छोटे-मोटे चुटकलों के रूप में अपनी बात कहने में मुझे रस आता है और इसलिए मैं अब भी कहानियाँ लिख लिया करता हूँ। वैसे मेरे बहुत-से मित्रों और शुभचिन्तकों

और हितैषियों का मत है कि मैं अपने अन्दर वाले कहानीकार की उपेक्षा कर अपने साथ अन्याय कर रहा हूँ; उनके मत से मैं उतना ही कुशल कहानीकार भी हूँ जितना कुशल उपन्यासकार हूँ। अपनी प्रशंसा किसी को बुरी नहीं लगती, और मुझे भी अपनी प्रशंसा बुरी नहीं लगी। शायद यह प्रशंसा भी मेरे कभी-कभी कहानी लिख डालने की अच्छी-खासी प्रेरणा है।

'मेरी प्रिय कहानियाँ' का संकलन करते समय मुझे अपनी समस्त कहानियों पर एक बार फिर से नज़र डालनी पड़ी, और अपनी समस्त कहानियों को पढ़कर मुझे लगा कि मेरी सभी कहानियाँ समान भाव से मुझे प्रिय हैं। मेरी इन कहानियों में तरह-तरह के मूड हैं। लेकिन हास्य और व्यंग्य के मूड अधिक हैं। मैं पहले ही कह चुका हूँ कि मैंने अपनी अधिकांश कहानियाँ चुटकुलों के रूप में लिखी हैं।

अपनी कहानियों के माध्यम से मैंने कोई उपदेश नहीं दिया है, मैंने दार्शनिक अथवा मनोवैज्ञानिक सिद्धान्त भी नहीं प्रतिपादित किये हैं। यह उपदेश, दर्शन अथवा सिद्धान्त कहानी को कला की कोटि से अलग कर देते हैं—मेरा तो कुछ ऐसा मत रहा है। प्राचीन काल में जब धर्मशास्त्र, दर्शनशास्त्र या समाजशास्त्र को प्रतिपादित करने के लिए कहानियाँ लिखी जाती थीं तब कहानी को स्वयं में साहित्य-कला का भाग नहीं स्वीकार किया जाता था। कहानी स्वयं में साहित्य-कला की एक सशक्त विधा है, यह प्रतिपादना अभी कुछ सौ वर्ष पहले पाश्चात्य देशों में हुई, और वर्तमान हिन्दी साहित्य ने कहानी की विधा पाश्चात्य देशों से ग्रहण की है।

आज के युग में कहानी ही साहित्य की एकमात्र लोकप्रिय विधा के रूप में रह गई है—चाहे वह उपन्यास के रूप में हो या छोटी कहानी के रूप में। आज के साहित्य को देखकर मुझे यह स्वीकार करना पड़ता है। कविता का युग जाता रहा है। अमूर्त भावना, वह भी प्रचलित कविता की मान्यताओं के अनुसार, बिना छन्द और लय के सहारे, अलंकारों एवं अनुप्रासों से रिक्त—साधारण पाठक इस कविता को ग्रहण करने के लिए तैयार नहीं।

लेकिन यह अमूर्त भावना की परम्परा कहानी के क्षेत्र में भी आ रही है, आज के कहानी के क्षेत्र को देखकर मुझे यह स्वीकार करना पड़ता है। यह युग ही संत्रास और कुण्ठा का है, अनगिनत समस्याएं मनुष्य को घेरे हुए हैं। आज लिखी जाने वाली कहानियाँ या तो इस संत्रास और कुण्ठा को प्रतिबिम्बित करती हैं या फिर आज की समस्याओं का शास्त्रीय विश्लेषण करती हैं। यह बात मुझे इसलिए कहनी पड़ रही हैं कि मेरी कहानियों में युग की कुण्ठा और संत्रास के

दर्शन नहीं होंगे। वैसे आज की समस्याएं मेरी कहानिया के में है, लेकिन उन समस्याओं का भावना-पक्ष देने में मैंने विश्वास किया है, कुछ इस तरह कि उससे पाठकों का मनोरंजन हो सके; उन समस्याओं का निदान मेरे पास नहीं है। अपनी इस कमी को स्वीकार करने में मुझे संकोच नहीं होता।

मेरी कहानियों में 'मनोरंजन' पक्ष ही प्रबल है। ऐसा नहीं कि ये कहानियाँ चिन्तन और मनन से रिक्त हों; मैं बौद्धिक प्राणी हूँ और कला का सृजन करते समय मैं अपनी बौद्धिकता को तिलांजलि नहीं दे सकता। लेकिन सत्य यह है कि मैंने कला का उद्देश्य माना है—आनन्द! 'सत्' और 'चित्' तो ज्ञान के पक्ष हैं। और आनन्द का आदिरूप हैं मनोरंजन। कुण्ठा और संत्रास से ग्रस्त मानव को कुछ क्षण तो ऐसा चाहिए जब मनुष्य पुलकित हो सके या हँस सके।

कहानी कला असीम आयामों में फैली हुई है, और मुझे अपनी सीमाओं का बोध है और सच बात तो यह है कि मुझे अपनी सीमाओं से कोई शिकायत नहीं है, क्योंकि वह मेरी सीमाएं ही हैं जो मुझे निजत्व का बोध कराती हैं। जहां सीमाएं होती हैं, वहां कमियां भी होती हैं। अगर किसी को मेरी कहानियों में कुछ कमी या दोष दिखे, तो मुझे बुरा नहीं लगना चाहिए।

और इसलिए मेरी कहानियों में रोष नहीं है—आक्रोश नहीं है। मैं साहित्यकार हूँ—भावनात्मक संवेदना मेरा क्षेत्र है। मैं दार्शनिक नहीं हूँ, न मैं शास्त्रों का पण्डित हूँ। लेकिन मेरा अपना निजी दर्शन तो है—तर्क-जनित नहीं, भावना-जनित। और अध्ययन मैंने भी भरपूर किया है, ग्रन्थों का नहीं, जीवन का। तो मेरा दर्शन नियतिवाद का दर्शन है—मेरे मन की गहराईयों से निकला हुआ और मानव-जीवन के अध्ययन से प्रतिपादित। मेरा नियतिवाद का दर्शन मेरी कविताओं में हैं, मेरी कहानियों में है, मेरे उप्न्यासों में है। अपने इस दर्शन के अनुसार मैं अपने को कर्ता नहीं मानता, मैं तो उन प्रवृत्तियों से अनुप्राणित और अनुशासित हूँ जो मुझे जन्म में मिली हैं और जिन्हें मेरी परिस्थितियां नित्य नया मोड़ देती रहती हैं।

और मेरे समान ही मेरे इर्द-गिर्द जो लोग हैं, उन्हें भी मैं कर्ता के रूप में नहीं स्वीकार करता। ऐसी हालत में मैं रोष किस पर करूं? घृणा किससे करूं, सभी तो विवश हैं। और इसलिए अपनी कहानियों के हरेक पात्र के प्रति, उसकी विवशता के कारण मेरी गहरी संवेदना है। मुझे दूसरों पर क्रोध नहीं होता, केवल हँसी आती है। और यह हँसी मेरी कहानियों का विशेष गुण है। शुद्ध हास्य को लेकर गहरे व्यंग्य तक के दर्शन पाठक को मेरी कहानियों में होंगे। मैंने हमेशा यह प्रयत्न किया है कि मेरी कहानी के किसी पात्र के प्रति पाठक में दुर्भावना

न जागने पाए। दुर्भावना, क्रोध और घृणा को मैं अनुदात्त और असुन्दर समझता हूँ और इसलिए मैं इन्हें कला का नकारात्मक रूप मानता हूँ। वैसे यह भी मानव-भावनाएं हैं, लेकिन हमारे मनीषियों ने इसके साथ 'सात्त्विकता' का विशेषण जोड़कर इन पर प्रतिबन्ध लगा दिए हैं।

यहां मैं एक बात और कह देना आवश्यक समझता हूँ। मैं आदि से अन्त तक यथार्थवादी हूँ। वैसे कवि होने के नाते मैं कल्पनात्मक आदर्श को अपना सकता था; अपने उपन्यास 'चित्रलेखा' में मैंने सफलतापूर्वक यह प्रयोग किया भी है; लेकिन शुद्ध रूप से कहानीकार की हैसियत से मैंने इस यथार्थ में से ही सात्विक मनोरंजन को ढूंढ़ निकालने का प्रयत्न किया है। मेरी प्रायः सभी कहानियाँ जीवन के यथार्थ को लेकर चलती हैं। यथार्थ को अश्लीलता से अथवा भोंड़ेपन से बचाना कठिन होता है। यह यथार्थ कभी-कभी समाज-विरोधी भी हो सकता है। अपनी कहानियाँ लिखते समय मुझे यह अनुभव हुए हैं और मुझे संतोष इस बात का है कि मैं यथार्थवाद के सात्विक और कल्याणकारी तत्व से नहीं हटा, जीवन की समस्त कुरूपताओं को प्रस्तुत करते हुए भी।

इन शब्दों के साथ मैं अपनी कुछ कहानियों के इस संकलन को पाठकों के सम्मुख प्रस्तुत कर रहा हूँ। मैं पहले ही कह चुका हूं कि मेरी समस्त कहानियाँ मुझे प्रिय हैं, इसलिए मैं पाठकों के इस भ्रम को दूर कर देना चाहता हूँ कि इस संग्रह में मेरी जो कहानियाँ हैं, उन्हें मैं अपनी अन्य कहानियों की अपेक्षा श्रेष्ठ समझता हूँ। यह संकलन मैंने सुविधा के अनुसार तैयार कर दिया है और चूंकि यह संकलन 'मेरी प्रिय कहानियाँ' वाली माला के अन्तर्गत निकल रहा है, इसका नाम भी 'मेरी प्रिय कहानियाँ' है। हां, इतना अवश्य कह सकता हूँ कि इस संकलन की समस्त कहानियाँ मेरे विभिन्न मूडों का प्रतिनिधित्व करती हैं।

—भगवतीचरण वर्मा

क्रम

दो पहलू

रामेश्वर ने 'लीडर' खोला और रिजल्ट-शीट पर उसने अपनी नज़र दौड़ाई एम. ए. के उत्तीर्ण विद्यार्थियों में उसका नाम छपा था और उसके नाम के आगे लिखा था—फर्स्ट डिवीजन!

अपने अन्य साथियों का परीक्षा-फल देखकर उसने 'लीडर' बन्द कर दिया। फिर उसने एक क्षण के लिए मुस्कराते हुए अपने चारों ओर देखा।

और उसने देखा कि सारी प्रकृति उसकी प्रसन्नता से हँस रही है। चिड़ियां चहक रही थीं और मोगरा महक रहा था और सुबह की ठण्डी हवा अपनी मस्ती के साथ सौरभ से अठखेलियां कर रही थी और आम के बौरों में बौराई हुई कोयल भी पंचम की अलाप भरने में बेसुध थी।

अपनी उमंग की मादकता में चकित और पुलकित रामेश्वर एक अजीब तन्मयता के साथ यह सब देख रहा था। और फिर उसका हाथ अपने आप बिना उसके जाने हुए जेब में चला गया। उसने शान्ता का पत्र निकाला और पिछले कई दिन पढ़ चुकने के बाद भी उसने उस पत्र को फिर पढ़ा। शान्ता ने उसे फिर बुलाया था—और भी उसने बहुत-सा लिखा था और उससे भी अधिक उसने बिना लिखा छोड़ दिया था। मोती के से सुन्दर और छोटे-छोटे अक्षर तथा लेटर-पेपर से निकलती हुई भीनी-भीनी खुशबू!—और फिर उसके साथ शान्ता का पवित्र प्रेम! शान्ता अपूर्व सुन्दरी थी। यूनिवर्सिटी के सबल लड़के रस के लोभी भौंरों की भांति शान्ता के पीछे मंडराया करते थे। पर रामेश्वर उन सब लड़कों से अधिक भाग्यवान था, क्योंकि शन्ता उससे प्रेम करती थी। पत्र को आदि से अन्त तक उसने एक बार पढ़ा, दो बार पढ़ा; फिर उसने पत्र का चुम्बन करके अपनी जेब में रख लिया।

इसके बाद उसने अपने पिता का पत्र खोला। उसके पिता ने उसे विलायत जाकर आई.सी.एस. की परीक्षा में सम्मिलित होने की सलाह दी थी।

रामेश्वर उठ खड़ा हुआ हुआ। भैरवी का स्वर भरते हुए वह अपने बंगले से निकल पड़ा—घूमने के लिए।

बाईस वर्ष का लम्बा-सा सुन्दर नवयुवक रामेश्वर अपनी सफलता पर प्रसन्न धीरे-धीरे चला जा रहा था, उसके शरीर में बल था, उसके हृदय में उमंग थी, उसकी धमनियों में गरम रक्त प्रवाहित हो रहा था, उसके विचारों में स्फूर्ति थी। उसका मस्तिष्क ऊंचा था, अस्तित्व की सार्थकता का उसमें पूर्ण प्रतिबिम्ब था।

उसके कानों में एकाएक कोलाहल का कठिन प्रहार पड़ा जिसने उसकी तन्मयता को भंग कर दिया। वह चौंक उठा। सामने आज़ादी के दीवानों का एक जुलूस चला आ रहा था। वह खड़ा हो गया—जुलूस धीरे-धीरे उसकी ओर बढ़ रहा था।

उसने पीछे देखा, और वहां उसने देखा, एक दूसरा जुलूस शासन को कायम रखने वालों का। पुलिसवालों के हाथों में लाठियां थीं, और कन्धों पर बन्दूकें। रामेश्वर ने न जाने क्यों अपने अन्तर में पीड़ा से भरी हुई एक प्रकार की हलचल का अनुभव किया।

दोनों ओर से दोनों जुलूस एक-दूसरे की तरफ बढ़ रहे थे और बीच में रामेश्वर खड़ा हुआ तमाशा देख रहा था।

और फिर दोनों दल अचानक रूक गए, ठीक वहां जहां रामेश्वर खड़ा था। जुलूस वालों में और पुलिसवालों में कुछ कहा-सुनी हुई रामेश्वर ठीक से देख नहीं सका कि क्या हुआ, पर उसे यह आर्डर स्पष्ट सुनाई पड़ा—''जुलूस गैर-कानूनी करार दिया जाता है। अगर दो मिनट के अन्दर यह भंग नहीं हो जाता तो बल-प्रयोग से भंग कर दिया जाएगा!'' और दूसरी ओर से नारे लगे, ''भारत माता की जय! महात्मा गांधी की जय! स्वतन्त्रता की जय!''

लाठियां चलीं, और उसके बाद गोलियां चलीं। और उन नवयुवकों में जो छाती खोलकर गोलियां खाने को आगे बढ़ आए थे, रामेश्वर भी था। रामेश्वर की छाती में गोली लगी। ''भारत माता की जय!'' कहकर वह ज़मीन पर गिर पड़ा।

और मैं पूछ रहा हूँ—कल्पना के किस वर्ग को पाने के लिए वह नवयुवक अपने जीवन के स्वर्ग को ठुकराकर चला गया?

चिथड़ों से ढके हुए मक्खियों से घिरे हुए उस बूढ़े भिखारी ने बड़े करुण स्वर में पुकारा, ''एक मुट्ठी अन्न!''

तीर्थराज प्रयाग में माघ-मेला के अवसर पर संगम के किनारे वह बुड्ढा भीख मांग रहा था। उसकी उम्र साठ के ऊपर रही होगी! उसके बाल सफेद थे,

और उसका मुख विकृत तथा कुरूप! उसकी आंखें पथराई हुई सी तथा भावना से शून्य और उसका स्वर रूखा, कर्कश और कांपता हुआ। उसके हाथ-पैर की उंगलियां कुष्ठ से गलकर गिर गयी थीं और उसके शरीर से एक ऐसी भयानक दुर्गन्ध निकल रही थी जो उसके पास से निकलने वाले को अपनी नाक दबाने को विवश करती थी।

एक औरत ने उसके सामने अपनी जूठन की पूड़ी का एक टुकड़ा फेंका और उसके सामने उस टुकड़े के गिरते ही उस टुकड़े का अधिकारी एक कुत्ता झपटा। पूड़ी के उस टुकड़े को भिखारी ने और उस कुत्ते ने साथ-साथ पकड़ा, दो सैकिण्ड तक नर और पशु में छीना-झपटी हुई और अन्त में कुत्ते पर भिखारी ने एक डंडे के सहारे विजय पाई।

माघमेला की उस भीड़ में किसी-किसी ने उस भिखारी की उपस्थिति पर आपत्ति भी की; पर वह मेला था! पुण्य का क्षेत्र था; और पुण्य कमाने का छोटे-बड़े सबको समानाधिकार प्राप्त है। हां, मनुष्य स्वयं अपने को उस भिखारी से दूर रख सकता था।

और फिर वहां पर उस भिखारी से कहीं अधिक भाग्यवान, वैभव से युक्त तथा गद्दीदार भाई-बन्द भिखारियों का एक शानदार जुलूस निकला। तरह-तरह के बाजे बज रहे थे, सोने और चांदी के सामान साथ में थे। हाथियों पर मखमल की झूलें लटक रही थीं, और चांदी के हौदों पर भिखारी लोग बैठे हुए राजाओं को चुनौती दे रहे थे। घोड़े सोने-चांदी के गहनों से लदे थे, और ऊंटों पर भिखारी लोग अपना निशान फहरा रह थे।

कर्ज काढ़कर और पेट काटकर एकत्रित रुपयों का उपयोग करके पुण्य कमाने के लिए आए भक्तों का समूह उन भिखारियों के दर्शन करने के कारण स्वर्ग का अधिकारी बनने के लिए उमड़ा पड़ रहा। उस भीड़ में बूढ़े थे, जवान थे, स्त्रियां थीं, बच्चे थे।

उसी समय एक दुर्घटना हो गई। महन्त जी का हाथी उस मेले की भीड़ में अचानक बिगड़ खड़ा हुआ। एकत्रित जन-समूह अपने-अपने प्राण लेकर भागा।

और उस भागती हुई भीड़ में स्त्रियों और बच्चों को धक्का देकर भागता हुआ वह बुड्ढा और कोढ़ी भिखारी अपने प्राण बचाने के लिए सबसे आगे था।

और मैं पूछ रहा हूँ—कल्पना के किस नरक से बचने के लिए वह बुड्ढा कोढ़ी भिखारी अपने जीवन के नरक से बुरी तरह चिपटा हुआ था?

कुंवर साहब का कुत्ता

अगर आपके पास रुपया है तो आप बड़े मज़े में कुत्ता पाल सकते हैं; कुत्ता ही क्यों, घोड़ा, भालू, शेर सभी कुछ पाल सकते हैं। यही नहीं बल्कि आप अपने मकान को जू बना सकते हैं और आपकी ओर कोई उंगली नहीं उठा सकता। मानी हुई बात है कि मुझे हरीश का कुंवर साहब और उनके कुत्तों को गालियां देते हुए, गांधीवाद से लेकर साम्यवाद तक के सिद्धांतों पर घण्टे-भर तक व्याख्यान देना बुरा ही लगा। मैं तो कहता हूँ कि अगर आदमी हो तो निरंजन-सा हो! निरंजन को आप नहीं जानते, दुबला-पतला-सा नवयुवक है; तीन साल हुए बी.ए. पास किया था। पर अभी तक बेकार है। संतोषी आदमी है, साथ ही अथक परिश्रम करने में विश्वास करता है। एक दिन कुंवर साहब के यहां से लौटकर (कुंवर साहब के यहां वह नौकरी की तलाश में गया था) उसने मुझसे बड़ी गम्भीरतापूर्वक कहा था, ''भाई परमेश्वरी, अच्छा होता यदि भगवान ने मुझे कुंवर साहब का कुत्ता बनाकर पैदा किया होता! ऐसी हालत में मुझे तीन समय अच्छे से अच्छा खाना तो मिलता—गोश्त, दूध, बिस्कुट सभी-कुछ। और फिर एक नौकर, एक मकान और देखभाल करने के लिए एक डाक्टर भी मैं पाता। और सबसे बड़ी बात यह है कि मैं मौका-बेमौका कुंवर साहब तथा कुंवरानी साहिबा का मुंह भी चाट लेता!''

निरंजन के अन्तिम वाक्य पर मैंने उसे डांटना चाहा, पर निरंजन की उम्र का ख्याल करके चुप ही रह जाना पड़ा। कुंवर साहब शौकीन रईस हैं, और उनके शौकों में मुख्य स्थान कुत्तों के शौक को दिया जा सकता है। चूहे के बराबर से गधे के बराबर तक के कुत्ते आपको उनके यहां मिलेंगे। हर रंग के और हर शक्ल के। यह बतला देना अनुचित न होगा कि आदमियों की भांति कुत्ते भी विलायती ही अच्छे समझे जाते हैं और इसलिए आप ताज्जुब न करें, जब मैं आपसे यह कहूँ कि कुंवर साहब के सभी कुत्ते सात समुद्र पार करके हिन्दुस्तान को पवित्र

करने आए थे। इन कुत्तों की संख्या करीब चालीस थी, जिनमें प्रत्येक कुत्ता लगभग एक हज़ार का था।

कुंवर साहब मेरे घनिष्ठ मित्र हैं और स्वभाव के अच्छे हैं। उनका आग्रह था कि मैं उनके यहां कुछ दिनों के लिए ठहरूं। बड़े आदमी का निमन्त्रण पाने के लिए मैं सदा लालायित रहता हूँ। उस मौके का चूकना मैंने मुनासिब न समझा। उन दिनों कुंवर साहब के अन्य कई मेहमान आए थे, हर एक का मिजाज और हर एक का रहन-सहन अलग-अलग था। कुछ रईस थे और कुछ रईसों के कृपा-पात्र थे। दिन-भर गपबाजी होती थी और खेल होते थे।

संध्या के समय चाय पीकर हम लोग बैठे ही थे कि कुत्तों पर बातचीत चल पड़ी। कुंवर साहब यदि कवि नहीं हैं, तो कवि-हृदय अवश्य हैं। आकाश की ओर देखते हुए उन्होंने कहा, ''ओह! कुत्ता जितना स्वामिभक्त प्राणी संसार में नहीं मिलेगा। पशु है, फिर भी वह मनुष्य से कहीं ऊंचा है। उसमें दगा, फरेब, कृतघ्नता, ये कभी न मिलेंगे। उसकी मूक स्वामिभक्ति अद्वितीय है।'' और कुंवर साहब ने अपने अलसेशियन के सिर पर हाथ फेरा। ''मैं सच कहता हूँ, कुत्ते के बराबर मित्र संसार में कोई नहीं है। दुनिया में जब चारों ओर सूनापन मालूम होता है, प्रत्येक ओर नजर उठाकर देखने पर भी जब ऐसा कोई मनुष्य नहीं दिखलाई देता, जिसे हम अपना कह सकें, जिस पर हम विश्वास कर सकें, उस समय कुत्ता ही हमें अपने सबसे निकट दिखाई देता है। मैं दावे के साथ कह सकता हूं कि इन्सान सबसे अधिक स्वार्थी है, नमकहराम है।''

कुंवर साहब की बात समाप्त होते ही उनकी बगल में बैठे हुए दूसरे सज्जन बोल उठे, ''इसमें क्या शक है! वाकई यह सच है कि इन्सान सबसे अधिक नमक हराम है। आप लाख उसका हित कीजिए, लेकिन वह अपनी आदत से बाज नहीं आता। अभी साल-भर हुआ, एक दिन मैं ज़रा कुछ ज़्यादा पी गया, आप जानते ही हैं कि कभी-कभी ज़्यादा हो ही जाया करती है; और जनाब, ज़्यादा पी जाने के बाद मैंने खिदमतगार को गुस्से में मार दिया। कोई तलवार-बन्दूक तो मारी न थी, केवल हाथ से मारा था। लेकिन वह साला मरियल खिदमतगार मेरी मार बरदाश्त न कर सका और उसे कुछ चोट आ गई। अब जनाब, उस साले का मैंने इलाज करवाया। सब कुछ उसके लिए किया, लेकिन इन कांग्रेस वालों के बरगलाने से वह साला पुलिस में रिपोर्ट करने जा रहा था। वह तो यों कहिए कि मैं था, मैंने साफ-साफ कह दिया कि अगर थाने तक पहुंचने की इत्तिला मुझे मिली, तो खाल खिंचवा लूंगा और फिर उसकी क्या मजाल, जो वह थाने जाता।

वरना और कोई दूसरा होता तो उस खिदमतगार ने उसे मुसीबत में डाल दिया होता! अब ज़रा गौर करें कि मेरा खिदमतगार पुश्त-दर-पुश्त से मेरे नमक पर पला था। अगर मैंने उसे थोड़ा-सा मार ही दिया, और वह भी तब जब मैं कुछ ज्यादा पी गया था, तो क्या उसे थाने की बात सोचनी चाहिए? लेकिन क्या किया जाए, नमकहरामी तो इन्सान की नस-नस में भरी है।''

दूसरे सज्जन के बाद तीसरे सज्जन ने अपना किस्सा सुनाया, ''भाई मेरे, समझ में नहीं आता कि क्या किया जाए। आए दिन ही इन आदमियों की नमकहरामी के सबूत मिलते रहते हैं। अभी महीना-भर हुआ कि कमिशनर साहब मेरे इलाके में आए। उन दिनों जुताई हो रही थी और बेगारी लगे हुए थे। ज़रा गौर कीजिए कि कमिशनर साहब ऐसे बड़े मेहमान की खातिर करना कोई साधारण बात तो है नहीं। रियासत के सभी अमले कमिशनर साहब की खातिरदारी में लगे थे, और उसका नतीजा यह हुआ कि उस दिन बेगारियों को चबेना देना भूल गये। अब आप समझिए कि अगर एक दिन बेगारियों को चबेना नहीं मिला, तो वह मर न जाते, और फिर कमिशनर साहब की खातिरदारी की वजह से चबेना देना भूले थे! तो जनाब, जब कमिशनर साहब चलने लगे, तो एक लौंडा उन बेगारियों के बीच से निकलकर कमिशनर साहब के सामने खड़ा हो गया और ऐंड़ी-बेंड़ी शिकायतें करने लगा। वह तो मेरा मामला था, कमिशनर साहब ने सुनी-अनसुनी कर दी और चले गए।''

''इसके बाद हुआ क्या?'' दबी जबान में मैंने पूछा।

''होता क्या, साले पर वह मार पड़ी कि पन्द्रह दिन तक चारपाई सेंकता रहा। इसके बाद बेदखल कर दिया। अब कहीं भीख मांगता होगा, लेकिन मुझे तो आपको यह बतलाना था कि इन्सान कितना नमकहराम होता है।''

जितने लोग वहां बैठे थे, सबके सब इन बातों की ताईद करते थे। मुझसे न रहा गया। मैंने कुछ झल्लाकर कहा, ''जी हां, नमकहरामी तो इन्सान के हक में पड़ी, लेकिन मुसीबत तो यह है कि भगवान ने प्रत्येक मनुष्य को एक प्रकार का ही हाड़-मांस दिया है, उसको भावनाएं दी हैं, उसे अनुचित-उचित का ज्ञान दिया है। जब आप अपने को उस खिदमतगार या उस बेगारी के स्थान में रखें, तब आपको उसके दुख-दर्द का पता लगे। आप अपनी बराबरी वाले, बल्कि किन्हीं बातों में आपसे कहीं अधिक श्रेष्ठ मनुष्य को रोटी के टुकड़े का गुलाम बनाना चाहते हैं, यहां आप गलती करते हैं। आप ही लोगों के कारण साम्यवाद का प्रचार...''

एकाएक कुंवर साहब ने मेरा हाथ पकड़कर मुझे सचेत कर दिया, मैं तो न जाने क्या-क्या कह जाता। मेरी उस बात से वहां बैठे हुए लोगों में निस्तब्धता छा गई। लोग एक-दूसरे की ओर देखने लगे। कुंवर साहब ने कहा, ''परमेश्वरी बाबू हम लोगों का मतलब ठीक तरह से नहीं समझते, इसीलिए वे क्रोध में कुछ उचित अनुचित कह गए। आप लोग उनकी बात का बुरा न मानिएगा।''

किसी ने इस पर कुछ नहीं कहा, सारा वातावरण एकाएक शुष्क तथा नीरस हो गया। लोग वहां से उठकर इधर-इधर टहलने चले गए, मैं अकेला सोचता रह गया।

मैं क्या सोचता रहा, मुझे याद नहीं; कितनी देर तक सोचता रहा, यह भी याद नहीं, पर इतनी याद है कि कुंवर साहब ने बड़े कोमल स्वर में मुझे सचेत करते हुए कहा, ''परमेश्वरी बाबू! मैं जानता हूँ कि मेरे मित्रों के दृष्टिकोण से आप सहमत न होंगे, जबकि स्वयं मैं ही उस दृष्टिकोण से सहमत नहीं हूँ, पर उस हँसी-खुशी के वातावरण को नष्ट करके क्या आपने अच्छा काम किया? क्या आप समझते हैं कि आप यह सब कुछ कहकर उन लोगों के दृष्टिकोण को प्रभावित कर सके?''

कुंवर साहब की इस बात में सार था, इसका मैंने अनुभव किया। अपनी तेज़ी पर मुझे पश्चाताप हुआ। मैंने कुंवर साहब से कहा, ''हां, इतना मानता हूँ कि मुझसे गलती हो गयी और उसके लिए मुझे खेद है। पर फिर भी आप स्वयं ही समझ सकते हैं कि उनकी बातों पर बुरा लगना ही चाहिए था, और मैं देवता तो हूँ नहीं कि मुझे क्रोध न आए।''

मुस्कराते हुए कुंवर साहब ने कहा, ''आप ठीक कहते हैं, परमेश्वरी बाबू! मनुष्य मनुष्य हैं, और प्रत्येक मनुष्य बराबर है। आपका क्रोधित हो जाना स्वाभाविक ही था।'' इतना कहकर कुंवर साहब ने मेरा हाथ पकड़कर मुझे उठा लिया, ''चलो, थोड़ा सा टहल आएं।''

कुआर का महीना था, संध्या सुहावनी थी। कुंवर साहब साम्यवाद के ही सिद्धान्तों का समर्थन कर रहे थे, और उनके पीछे-पीछे दो सिपाही बन्दूक लिए चल रहे थे। सूर्यास्त हो रहा था और आगे-आगे कुंवर साहब का अलसेशियन रास्ता दिखलाता हुआ चल रहा था।

खेतों को और बागों को पार करते हुए हम दोनों गांव की सघन आबादी में पहुंचे। देहाती कुंवर साहब को देखकर खड़े हो जाते और हाथ जोड़कर 'अन्नदाता

की दुहाई' बोलते थे, और कुंवर साहब मुझसे इस प्रकार बातें करते चल रहे थे कि मानो उन देहातियों का कहीं कोई अस्तित्व नहीं है।

काफी दूर तक टहलकर हम लोग लौटे। उस अलसेशियन का साथ कहां छूट गया, यह नहीं याद; पर जब हम दोनों गांव में लौटे, तो एक विचित्र दृश्य दिखाई पड़ा।

मैकू धोबी कुंवर साहब के इलाके में ही पला और बसा था। बुड्ढा-सा आदमी, सारे बाल सफेद हो गए थे। उसकी हड्डी-हड्डी गिनी जा सकती थी और लोगों ने उसे सदा एक लंगोट ही लगाए देखा।

मैकू का खानदान काफी बड़ा था, उसकी बीवी और चार बच्चे और एक गधा। गधे के हौसले बढ़े-चढ़े थे, मैकू अपने बच्चे के समान ही उस गधे को भी रखता था। वह गधा मैकू की जीविका का सहारा था। रोज़ सुबह उस पर लादी लादी जाती थी। रोज़ शाम को लादी वापस लाता था। दिनभर वह घाट पर किलौलें करता था।

उस दिन लादी खुलने के बाद मैकू ने गधे को बांध दिया था; पर उसने अपनी रस्सी तुड़ाई और चहलकदमी की ठानी। एकाएक कुंवर साहब के अलसेशियन की नज़र उस गधे पर पड़ी। या तो अलसेशियन को संध्या के समय गधे की चहलकदमी करने की अनधिकार चेष्टा पर बुरा लगा, या फिर उसने गधे से कुछ खिलवाड़ करना चाहा। कारण जो कुछ रहा हो, पर इतना निश्चित है कि कुंवर साहब के कुत्ते ने गधे का पीछा किया। गधा कुछ दूर तक भागा और एकाएक रुक गया। उसे शायद यह याद हो आया कि संसार में सबको शान्तिपूर्वक रहने का समानाधिकार प्राप्त है और भागना कायरता है। कायर को संसार में जीवित रहने का कोई अधिकार नहीं है।

गधे ने अलसेशियन का सामना किया, सीधे-सादे ढंग से। उसकी मुद्रा साफ कह रही थी, ''म्यां, क्यों सताते हो, हमने तुम्हारा क्या बिगाड़ा है? आखिर तुम्हारा इरादा क्या है? तुम्हारे मालिक कुंवर है, होंगे। अपने राम को इसकी कोई चिन्ता नहीं। अपने राम तुमसे ज़रा भी दबनेवाले नहीं।''

गधा तो गधा है—अलसेशियन को उसका यह व्यवहार तनिक भी अच्छा नहीं लगा। वह कुंवर साहब का कुत्ता था, जर्मनी से आया था। अहिंसा पर उसे रत्ती-भर विश्वास न था, साथ ही अपने अधिकार का उसे गर्व था। गधे के इस अहिंसात्मक सत्याग्रह का प्रभाव उस अलसेशियन पर ऐसा पड़ा जैसा कांग्रेस

वालंटियर के बैठ जाने का प्रभाव लाठी-चार्ज के लिए तैयार पुलिस वाले पर पड़ता। उसने गधे पर धावा बोल दिया। पर गधा तो आदमी है नहीं, उसका सत्याग्रह दुराग्रह में परिणत हो गया। इसके पहले कि अलसेशियन के तेज़ दांत उसके शरीर में गड़ें, वह घूमा और उसने बिजली की भांति अपनी दुलत्ती का पूरा प्रयोग किया। एक भारी गुर्राहट के साथ कुत्ता धराशायी हुआ, आंखें बन्द और मुंह से खून निकलता हुआ। गांववाले दौड़ पड़े, शोर मच गया कि मैकू के गधे ने कुंवर साहब के कुत्ते को मार डाला।

जब हम लोग लौटे, तब अलसेशियन अन्तिम सांस ले रहा था। कुंवर साहब की आवाज़ सुनते ही अलसेशियन ने एक बड़ी ही करुण कातर दृष्टि से कुंवर साहब को देखा और फिर सदा के लिए आंखें बन्द कर लीं।

गधा वहीं पर खड़ा था, अपनी विजय पर छाती फुलाए। कुंवर साहब ने लोगों से किस्सा सुना, खिदमतगार से उन्होंने बन्दूक ली और दो गोलियां उन्होंने गधे के मत्थे में दाग दीं। गधा गिर गया। नौकरों से कुत्ता उठवाकर वे अपने महल की ओर चले गए, मैं वहीं रह गया।

उस समय मैंने मैकू को देखा; मैकू को ही नहीं, उसकी बीवी को, उसके चार बच्चों को। गधे की मृत्यु का समाचार सुनकर सबके सब बेतहाशा भागते हुए आए—गधे को घेरकर सब के सब खड़े हो गए। वे रो रहे थे, सबके सब बुरी तरह रो रहे थे, मानों उनका कोई आत्मीय मर गया हो। उस रोज मैकू के यहां खाना नहीं बना।

मैं लौटा। कुंवर साहब और उनके मेहमान मैदान में बैठे थे। लोगों के सामने शरबत के गिलास थे। कुंवर साहब बोल रहे थे और उनका सेक्रेटरी लिख रहा था, "पन्द्रह सौ रुपये भेज रहा हूँ। जिस अलसेशियन का फोटो आपने भेजा था, उसे खरीदकर भेज दें।"

प्रायश्चित

अगर कबरी बिल्ली घर-भर में किसी से प्रेम करती थी, तो रामू की बहू से और अगर रामू की बहू घर-भर में किसी से घृणा करती थी, तो कबरी बिल्ली से। रामू की बहू, दो महीने हुए मायके से प्रथम बार ससुराल आई थी, पति की प्यारी और सास की दुलारी, चौदह वर्ष की बालिका। भंडार-घर की चाबी उसकी करधनी में लटकने लगी, नौकरों पर उसका हुक्म चलने लगा, और रामू की बहू घर में सब-कुछ। सासजी ने माला ली और पूजा-पाठ में मन लगाया।

लेकिन बहू ठहरी चौदह वर्ष की बालिका, कभी भण्डार-घर खुला है, तो कभी भण्डार-घर में बैठे-बैठे सो गई। कबरी बिल्ली को मौका मिला, घी-दूध पर अब वह जुट गई। रामू की बहू की जान आफत में और कबरी बिल्ली के छक्के-पंजे! रामू की बहू हांड़ी में घी रखते-रखते ऊंघ गई और बचा हुआ घी कबरी के पेट में। रामू की बहू दूध ढककर मिसरानी को जिन्स देने गई और दूध नदारद! अगर बात यहीं तक रह जाती तो भी बुरा न था, कबरी रामू की बहू से कुछ ऐसा परच गई थी कि रामू की बहू के लिए खाना-पीना दुश्वार! रामू की बहू के कमरे में रबड़ी से भरी कटोरी पहुंची और रामू जब आए तब कटोरी साफ चटी हुई। बाज़ार से बालाई आई, जब तक रामू की बहू ने पान लगाया, बालाई गायब!

रामू की बहू ने तय कर लिया कि या तो वही घर में रहेगी या फिर कबरी बिल्ली ही। मोरचाबन्दी हो गई, और दोनों सतर्क! बिल्ली फंसाने का कठघरा आया। उसमें दूध, मलाई, चूहे, और भी बिल्ली को स्वादिष्ट लगने वाले विविध प्रकार व्यंजन रखे गए, लेकिन बिल्ली ने उधर निगाह तक नहीं डाली। इधर कबरी ने सरगर्मी दिखलाई अभी तक तो वह रामू की बहू से डरती थी; पर अब वह साथ लग गई, लेकिन इतने फासले पर कि रामू की बहू उस पर हाथ न लगा सके।

कबरी के हौसले बढ़ जाने से रामू की बहू को घर में रहना मुश्किल हो

गया। उसे मिलती थीं सास की मीठी झिड़कियां और पतिदेव को मिलता था रूखा-सूखा भोजन।

एक दिन रामू की बहू ने रामू के लिए खीर बनाई। पिस्ता, बादाम, मखाने और तरह-तरह के मेवे दूध में औटाए गए, सोने का वर्क चिपकाया गया और खीर से भरकर कटोरा कमरे के एक ऐसे ऊंचे ताक पर रक्खा गया, जहां बिल्ली न पहुंच सके। रामू की बहू इसके बाद पान लगाने में लग गई

उधर बिल्ली कमरे में आई, ताक के नीचे खड़े होकर उसने ऊपर कटोरे की ओर देखा, सूंघा, माल अच्छा है, ताक की ऊंचाई अन्दाज़ी, और रामू की बहू पान लगा रही है। पान लगाकर रामू की बहू सासजी को पान देने चली गई और कबरी ने छलांग मारी; पंजा कटोरे में लगा—और कटोरा झनझनाहट की आवाज़ के साथ फर्श पर!

आवाज़ रामू की बहू के कान में पहुंची, सास के सामने पान फेंककर वह दौड़ी, क्या देखती है कि फूल का कटोरा टुकड़े-टुकड़े, खीर फर्श पर, और बिल्ली डटकर खीर उड़ा रही है। रामू की बहू को देखते ही कबरी चम्पत!

रामू की बहू पर खून सवार हो गया, न रहे बांस न बजे बांसुरी, रामू की बहू ने कबरी की हत्या पर कमर कस ली। रात भर उसे नींद न आई, किस दांव से कबरी पर वार किया जाए कि ज़िन्दा न बचे, यही पड़े-पड़े सोचती रही। सुबह हुई और वह देखती है कि कबरी देहरी पर बैठी बड़े प्रेम से उसे देख रही है।

रामू की बहू ने कुछ सोचा, इसके बाद मुस्कराती हुई उठी। कबरी रामू की बहू के उठते ही खिसक गई। रामू की बहू एक कटोरा दूध कमरे के दरवाज़े की देहरी पर रखकर चली गई हाथ में पाटा लेकर वह लौटी तो देखती है कि कबरी दूध पर जुटी हुई है। मौका हाथ में आ गया, सारा बल लगाकर पाटा उसने बिल्ली पर पटक दिया। कबरी हिली न डुली, न चीखी न चिल्लाई बस एक दम उलट गई।

आवाज़ जो हुई तो महरी झाड़ू छोड़कर, मिसरानी रसोई छोड़कर और सास पूजा छोड़कर घटनास्थल पर उपस्थित हो गईं। रामू की बहू सिर झुकाए हुए अपराधिनी की भांति बातें सुन रही है।

महरी बोली, ''अरे राम! बिल्ली तो मर गई, मांजी, बिल्ली की हत्या बहू से हो गई यह तो बुरा हुआ!''

मिसरानी बोली, ''मांजी, बिल्ली की हत्या और आदमी की हत्या बराबर है, हम तो रसोई न बनावेंगी, जब तक कि बहू के सिर हत्या रहेगी।''

सासजी बोलीं, ''हां, ठीक तो कहती हो, अब जब तक बहू के सिर से हत्या न उतर जाए तब तक न कोई पानी पी सकता है, न खाना खा सकता है। बहू, यह क्या कर डाला!''

महरी ने कहा, ''फिर क्या हो, कहो तो पण्डित जी को बुलाए लाएं।''

सास की जान में जान आई, ''अरे हां, जल्दी से दौड़ के पण्डितजी को बुला ला।''

बिल्ली की हत्या की खबर बिजली की तरह पड़ोस में फैल गई—पड़ोस की औरतों का रामू के घर में तांता बंध गया। चारों तरफ से प्रश्नों की बौछार, और रामू की बहू सिर झुकाए बैठी।

पण्डित परमसुख को जब यह खबर मिली, उस समय वे पूजा कर रहे थे। खबर पाते ही वे उठ पड़े—पण्डिताइन से मुस्कराते हुए बोले, ''भोजन न बनाना, लाला घासीराम की पतोहू ने बिल्ली मार डाली है, प्रायश्चित होगा, पकवानों पर हाथ लगेगा।''

पण्डित परमसुख चौबे छोटे से आदमी थे। लम्बाई चार फुट दस इंच और तोंद का घेरा अट्ठावन इंच! चेहरा गोल-मटोल, मूंछें बड़ी-बड़ी, रंग गोरा, चोटी कमर तक पहुंचती हुई।

कहा जाता है कि मथुरा में जब पंसेरी खुराक वाले पण्डितों को ढूंढा जाता था तो पण्डित परमसुख को उस लिस्ट में प्रथम स्थान दिया जाता था।

पण्डित परमसुख पहुंचे और कोरम पूरा हुआ। पंचायत बैठी—सासजी, मिसरानी, किसनू की मां, छन्नू की दादी और पण्डित परमसुख! बाकी स्त्रियां बहू से सहानुभूति प्रकट कर रही थीं।

किसनू की मां ने कहा, ''पण्डितजी, बिल्ली की हत्या करने से कौन नरक मिलता है?''

पण्डित परमसुखजी ने पत्रा देखते हुए कहा, ''बिल्ली की हत्या अकेले से तो नरक का नाम नहीं बतलाया जा सकता, वह महूरत भी मालूम हो जब बिल्ली की हत्या हुई, तब नरक का पता लग सकता है।''

''यही कोई सात बजे सुबह!'' मिसरानी ने कहा।

पण्डित परमसुख ने पत्रे के पन्ने उलटे, अक्षरों पर उंगलियां चलाईं, मत्थे पर हाथ लगाया और कुछ सोचा। चेहरे पर धुंधलापन आया, माथे पर बल पड़े, नाक कुछ सिकुड़ी और स्वर गंभीर हो गया, ''हरे कृष्ण! हरे कृष्ण! बड़ा बुरा

हुआ! प्रातः काल ब्रह्ममुहूर्त में बिल्ली की हत्या! घोर कुम्भीपाक नरक का विधान है! रामू की मां, यह तो बड़ा बुरा हुआ!''

रामू की मां की आंखों में आंसू आ गए, ''तो फिर पण्डितजी, अब क्या होगा, आप ही बतलाएं।''

पण्डित परमसुख मुस्कराए, ''रामू की मां, चिन्ता की कौन-सी बात है, हम पुरोहित फिर कौन दिन के लिए हैं? शास्त्रों में प्रायश्चित का विधान है, सो प्रायश्चित से सब कुछ ठीक हो जाएगा।''

रामू की माँ ने कहा, ''पण्डितजी, इसीलिए तो आपको बुलवाया था, अब आगे बतलाओ कि क्या किया जाए?''

''किया क्या जाए—यही एक सोने की बिल्ली बनवाकर बहू से दान करवा दी जाए। जब तक बिल्ली न दे दी जाएगी, तब तक तो घर अपवित्र रहेगा। बिल्ली दान देने के बाद इक्कीस दिन का पाठ हो जाए।''

छन्नू की दादी, ''हां और क्या, पण्डितजी ठीक ही तो कहते हैं, बिल्ली अभी दान दे दी जाए और पाठ फिर हो जाए।''

रामू की मां ने कहा, ''तो पण्डित जी कितने तोले की बिल्ली बनवाई जाए?''

पण्डित परमसुख मुस्कराए। अपनी तोंद पर हाथ फेरते हुए उन्होंने कहा, ''बिल्ली कितने तोले की बनवाई जाए? अरे रामू की मां, शास्त्रों में तो लिखा है कि बिल्ली के वजन के बराबर सोने की बनवाई जाए; लेकिन अब कलयुग आ गया है, धर्म-कर्म का नाश हो गया है, श्रद्धा नहीं रही। सो रामू की मां, बिल्ली के तौलभर की बिल्ली तो क्या बनेगी, क्योंकि बिल्ली बीस-इक्कीस सेर से कम क्या होगी। हां, कम से कम इक्कीस तोले की बिल्ली बनवा के दान करवा दो, और आगे तो अपनी-अपनी श्रद्धा!''

रामू की मां ने आंखें फाड़कर पण्डित परमसुख को देखा, ''अरे बाप रे, इक्कीस तोला सोना! पण्डितजी, यह तो बहुत है, तोले-भर की बिल्ली से काम न निकलेगा?''

पण्डित परमसुख हँस पड़े, ''रामू की मां! एक तोले सोने की बिल्ली!... अरे, रुपये का लोभ बहू से बढ़ गया? बहू के सिर बड़ा पाप है, इसमें इतना लोभ ठीक नहीं!''

मोल-तोल शुरू हुआ और मामला ग्यारह तोले की बिल्ली पर ठीक हो गया।

इसके बाद पूजा-पाठ की बात आई। पण्डित परमसुख ने कहा, ''उसमें

क्या मुश्किल है, हम लोग किस दिन के लिए हैं, रामू की मां? मैं पाठ कर दिया करूंगा, पूजा की सामग्री आप हमारे घर भिजवा देना।''

''पूजा का सामान कितना लगेगा?''

''अरे, कम से कम सामान में हम पूजा कर देंगे। दान के लिए करीब दस मन गेहूं, एक मन चावल, एक मन दाल, मन-भर तिल, पांच मन जौ और पांच मन चने, चार पसेरी घी और मन-भर नमक भी लगेगा। बस, इतने से काम चल जाएगा।''

''अरे बाप रे, इतना सामान! पण्डितजी, इसमें तो सौ-डेढ़ सौ रुपया खर्च हो जाएगा...'' रामू की मां ने रुआंसी होकर कहा।

''फिर इससे कम में तो काम नहीं चलेगा। बिल्ली की हत्या कितना बड़ा पाप है, रामू की मां! खर्च को देखते वक्त पहले बहू के पाप को देख लो! यह तो प्रायश्चित है, कोई हँसी-खेल थोड़े ही है—और जैसी जिसकी मरजादा प्रायश्चित में उसे वैसा खर्च भी खर्च करना भी पड़ता है। आप लोग कोई ऐसे-वैसे थोड़े हैं, अरे, सौ-डेढ़ सौ रुपया आप लोगों के हाथ का मैल है।''

पण्डित परमसुख की बात से पंच प्रभावित हुए, किसनू की मां ने कहा, ''पण्डितजी ठीक तो कहते हैं, बिल्ली की हत्या कोई ऐसा-वैसा पाप तो है नहीं—बड़े पाप के लिए बड़ा खर्च भी चाहिए।''

छन्नू की दादी ने कहा, ''और नहीं तो क्या, दान-पुण्य से ही पाप कटते हैं—दान-पुण्य में किफायत ठीक नहीं।''

मिसरानी ने कहा, ''और फिर मांजी, आप लोग बड़े आदमी ठहरे। इतना खर्च कौन आप लोगों को अखरेगा।''

रामू की मां ने अपने चारों ओर देखा—सभी पंच पण्डित जी के साथ। पण्डित परमसुख मुस्करा रहे थे। उन्होंने कहा, ''रामू की मां! एक तरफ तो बहू के लिए कुम्भीपाक नरक है और दूसरी तरफ तुम्हारे जिम्मे थोड़ा-सा खर्चा है। सो उससे मुंह न मोड़ो।''

एक ठण्डी सांस लेते हुए रामू की मां ने कहा, ''अब तो जो नाच नचाओगे सो नाचना ही पड़ेगा।''

पण्डित परमसुख कुछ बिगड़कर बोले—''रामू की मां! यह तो खुशी की बात है—अब तुम्हें यह अखरता है तो न करो, मैं चला...''

इतना कहकर पण्डितजी ने पोथी-पत्रा बटोरा।

''अरे, पण्डितजी, रामू की मां को कुछ नहीं अखरता। बेचारी को कितना

दुख है...बिगड़ो मत!'' मिसरानी, छन्नू की दादी और किसनू की मां ने एक स्वर में कहा।

रामू की मां ने पण्डितजी के पैर पकड़े—और पण्डितजी ने अब जमकर आसन जमाया।

''और क्या हो?''

''इक्कीस दिन के पाठ के इक्कीस रुपये और इक्कीस दिन तक दोनों बखत पांच-पांच ब्राह्मणों को भोजन करवाना पड़ेगा।'' कुछ रुककर पण्डित जी ने कहा, ''सो इसकी चिन्ता न करो, मैं अकेले दोनों समय भोजन कर लूंगा और मेरे अकेले भोजन करने से पांच ब्राह्मणों के भोजन का फल मिल जाएगा।''

''यह तो पण्डितजी ठीक कहते हैं। पण्डितजी की तोंद तो देखो!'' मिसरानी ने मुस्कराते हुए पण्डितजी पर व्यंग्य किया।

''अच्छा तो फिर प्रायश्चित का प्रबन्ध करवाओ, रामू की मां! ग्यारह तोला सोना निकालो, मैं उसकी बिल्ली बनवा लाऊं—दो घण्टे में मैं बनवाकर लौटूंगा, तब तक सब पूजा का प्रबन्ध कर रखो—और देखो, पूजा के लिए...''

पण्डितजी की बात खत्म नहीं हुई थी कि महरी हांफती हुई कमरे में घुस आई और सब लोग चौंक पड़े। रामू की मां ने घबड़ाकर कहा, ''अरी, क्या हुआ री?''

महरी ने लड़खड़ाते स्वर में कहा, ''मांजी, बिल्ली तो उठकर भाग गई!''

दो बांके

शायद ही कोई ऐसा अभागा होगा जिसने लखनऊ का नाम न सुना हो; और युक्तप्रान्त में ही नहीं, बल्कि सारे हिन्दुस्तान में और मैं तो यहां तक कहने को तैयार हूँ कि सारी दुनिया में लखनऊ की शोहरत है। लखनऊ के सफेदा आम, लखनऊ के खरबूजे, लखनऊ की रेवड़ियां; ये सब ऐसी चीज़ें हैं जिन्हें लखनऊ से लौटते समय लोग सौगात के तौर पर साथ ले जाया करते हैं, लेकिन कुछ ऐसी भी चीज़ें हैं जो साथ नहीं लाई जा सकतीं, और उनमें लखनऊ की ज़िन्दादिली और लखनऊ की नफासत विशेष रूप से आती है।

ये तो वे चीज़ें हैं जिन्हें देशी-परदेशी सभी जान सकते हैं, पर कुछ ऐसी भी चीज़ें हैं जिन्हें कुछ लखनऊवाले तक नहीं जानते, और अगर परदेसियों को इनका पता लग जाए, तो समझिए कि उन परदेसियों के भाग खुल गए। इन्हीं विशेष चीज़ों में आते हैं लखनऊ के 'बांके'।

'बांके' शब्द हिन्दी का है या उर्दू का, यह विवादग्रस्त विषय हो सकता है और हिन्दीवालों का कहना है—इन हिन्दीवालों में मैं भी हूँ—कि यह शब्द संस्कृत के 'बंकिम' शब्द से निकला है; पर यह मानना पड़ेगा कि जहां 'बंकिम' शब्द में कुछ गम्भीरता है, कभी-कभी कुछ तीखापन झलकने लगता है, वहां 'बांके' शब्द में एक अजीब बांकापन है। अगर जवान बांका-तिरछा न हुआ, तो आप निश्चय समझ लें कि उसकी जवानी की कोई सार्थकता नहीं। अगर चितवन बांकी नहीं, तो आँख का फोड़ लेना अच्छा है; बांकी अदा और बांकी झांकी के बिना ज़िन्दगी सूनी हो जाए। मेरे खयाल से अगर दुनिया से बांका शब्द उठ जाए, तो यहां कुछ दिलजले लोग खुदकुशी करने पर आमादा हो जाएंगे। और इसीलिए मैं तो यहां तक कहूँगा कि लखनऊ बांका शहर है और इस बांके शहर में कुछ बांके रहते हैं, जिनमें गजब का बांकापन है। यहां पर आप लोग शायद झल्लाकर यह पूछेंगे, ''म्यां, यह 'बांके' है क्या बला? कहते क्यों नहीं?'' और मैं उत्तर

दूंगा कि आप में सब्र नहीं; अगर इन बांकों की एक बांकी भूमिका नहीं हुई, तो फिर कहानी किस तरह बांकी हो सकती है!

हां, तो लखनऊ शहर में रईस हैं, तवायफें हैं और इन दोनों के साथ शोहदे भी हैं। बकौल लखनऊवालों के ये शोहदे ऐसे-वैसे नहीं हैं। ये लखनऊ की नाक हैं। लखनऊ की सारी बहादुरी के ये ठेकेदार हैं और ये शोहदे हटा दिए जाएं तो लोगों का यह कहना 'अजी, लखनऊ तो ज़नानों का शहर है,' सोलह आने सच्चा उतर जाए।

जनाब, इन्हीं शोहदों के सररगनों को लखनऊवाले 'बांके' कहते हैं। शाम के वक्त तहमद पहने हुए और कसरती बदन पर जालीदार बनियान पहनकर उसके ऊपर बूटेदार चिकन का कुरता डाले हुए जब ये बांके निकलते हैं, तब लोग-बाग बड़ी हसरत की निगाहों से इन्हें देखते हैं। उस वक्त इनके पट्टेदार बालों में करीब आध पाव चमेली का तेल पड़ा रहता है, कान में इत्र की अनगिनत फुरहरियां खुंसी रहती हैं और एक बेले का गजरा गले में तथा एक हाथ की कलाई पर रहता है। फिर ये अकेले भी नहीं निकलते, इनके साथ शागिर्द शोहदों का जुलूस रहता है—एक से एक बोलियां बोलते हुए फबतियां कसते हुए और शेखियां हांकते हुए! इन्हें देखने के लिए एक हजूम उमड़ पड़ता है।

तो उस दिन मुझे अमीनाबाद से नख्खास जाना था। पास में पैसे कम थे; इसलिए जब एक नवाब साहब ने आवाज दीः 'नख्खास', तो उचककर उनके इक्के पर बैठ गया। यहां यह बतला देना बेजा न होगा कि लखनऊ के इक्केवालों मे तीन-चौथाई शाही खानदान के हैं, और यही उनकी बदकिस्मती है कि उनका वसीफा बन्द या कम कर दिया गया, और उन्हें इक्का हांकना पड़ रहा है।

इक्का नख्खास की तरफ चला ओर मैंने मियां इक्केवाले से कहा, ''कहिए नवाब साहब! खाने-पीने भर को तो पैदा कर लेते हैं?''

इस सवाल का पूछा जाना था कि नवाब साहब के उद्गारों के बांध का टूट पड़ना था। बड़े करुण स्वर में बोले, ''क्या बतलाऊं हुजूर, अपनी क्या हालत है, कह नहीं सकता! खुदा जो कुछ दिखलाएगा, देखूंगा! एक वे दिन थे जब हम लोगों के बुजुर्ग हुकूमत करते थे। ऐशो-आराम की ज़िन्दगी बसर करते थे; लेकिन आज हमें—उन्हीं की औलाद को—भूखों मरने की नौबत आ गई। और हुजूर, अब पेशे में कुछ नहीं रह गया। पहले तो तांगे चले, जी को समझाया-बुझाया, म्यां, अपनी-अपनी किस्मत! मैं भी तांगा लूंगा; यह तो वक्त की बात है, मुझे

तो फायदा होगा; लेकिन क्या बतलाऊं हुजूर, हालत दिनोंदिन बिगड़ती ही गई। अब देखिए, मोटरों पर मोटरें चल रही हैं। भला बतलाइए हुजूर जो सुख इक्के की सवारी में है, वह भला तांगे या मोटर में मिलने का? तांगे में पालती मारकर आराम से बैठ नहीं सकते। जाते उत्तर की तरफ हैं, मुंह दक्खिन की तरफ रहता है। अजी साहब, हिन्दुओं में मुरदा उलटे सिर से लाया जाता है, लेकिन तांगे में लोग ज़िन्दा ही उलटे सिर चलते हैं, और ज़रा गौर फरमाईए! ये मोटरें शैतान की तरह चलती हैं, वह बला की धूल उड़ाती हैं कि इन्सान अंधा हो जाए। मैं तो कहता हूँ कि बिना जानवर के आप चलनेवाली सवारी से तो दूर ही रहना चाहिए, उसमें शैतान का फेर है।''

इक्केवाले नवाब और न जाने क्या-क्या कहते, अगर वे 'या अली!' के नारे से चौंक न उठते।

सामने क्या देखते हैं कि आलम उमड़ा पड़ रहा है। इक्का रकाबगंज के पुल के पास पहुंचकर रुक गया।

एक अजीब समां था। रकाबगंज के पुल के दोनों तरफ करीब पन्द्रह हज़ार की भीड़ थी; लेकिन पुल पर एक आदमी नहीं । पुल के एक किनारे करीब पच्चीस शोहदे लाठी लिए खड़े हुए थे, और दूसरे किनारे भी उतने ही। एक खास बात और थी कि पुल के सिरे पर भी सड़क के बीचोंबीच एक चारपाई रखी थी, और दूसरे सिरे पर भी सड़क के बीचोंबीच दूसरी। बीच-बीच में रुक-रुककर दोनों ओर से, 'या अली!' के नारे लगते थे।

मैंने इक्केवाले से पूछा, ''क्यों म्यां, क्या मामला है?''

म्यां इक्केवाले ने एक तमाशाई से पूछकर बतलाया, ''हुजूर, आज दो बांकों में लड़ाई होने वाली है, उसी लड़ाई को देखने के लिए यह भीड़ इकट्ठी है।''

मैंने फिर पूछा, ''यह क्यों?''

म्यां इक्केवाले ने जवाब दिया, ''हुजूर, पुल के इस पार के शोहदों का सरगना एक बांका है और उस पार के शोहदों का सरगना दूसरा बांका। कल इस पार के एक शोहदे से पुल के उस पार के एक दूसरे शोहदे का कुछ झगड़ा हो गया और उस झगड़े में कुछ मार-पीट हो गई। इस फसाद पर दोनों बांकों में कुछ कहा-सुनी हुई और उस कहा-सुनी में ही मैदान बद दिया गया।''

चुप होकर मैं उधर देखने लगा। एकाएक मैंने पूछा, ''लेकिन ये चारपाइयां क्यों आई हैं?''

''अरे हुजूर! इन बांकों की लड़ाई कोई ऐसी-वैसी थोड़ी ही होगी; इसमें

खून बहेगा और लड़ाई खत्म न होगी, जब तक एक बांका खत्म न हो जाए। आज तो एक-आध लाश गिरेगी। ये चारपाइयां उन बांकों की लाश उठाने आई हैं। दोनों बांके अपने बीवी-बच्चों से रुखसत लेकर और कर्बला के लिए तैयार होकर आए हैं।''

इसी समय दोनों ओर से 'या अली!' की एक बहुत बुलन्द आवाज़ उठी। मैंने देखा कि पुल के दोनों तरफ हाथ में लाठी लिए हुए दोनों बांके आ गए। तमाशाइयों में एक सकता-सा छा गया; सब लोग चुप हो गए।

पुल के इस पार वाले बांके ने कड़ककर दूसरे पार वाले बांके से कहा, ''उस्ताद!''

और दूसरी पार वाले बांके ने कड़ककर उत्तर दिया, ''उस्ताद!''

पुल के इस पार वाले बांके ने कहा, ''उस्ताद, आज खून हो जाएगा, खून!''

पुल के उस पार वाले बांके ने कहा, ''उस्ताद, आज लाशें गिर जाएंगी, लाशें!''

पुल के इस पार वाले बांके ने कहा, ''उस्ताद, आज कहर हो जाएगा, कहर!''

पुल के उस पार वाले बांके ने कहा, ''उस्ताद, आज कयामत बरपा हो जाएगी, कयामत!''

चारों ओर एक गहरा सन्नाटा फैला था। लोगों के दिल धड़क रहे थे, भीड़ बड़ती जा रही थी।

पुल के इस पार वाले बांके ने लाठी का एक हाथ घुमाकर एक कदम बढ़ते हुए कहा ''तो फिर उस्ताद, होशियार!''

पुल के उस पार वाले बांके ने भी लाठी का एक हाथ घुमाकर एक कदम बढ़ते कहा, ''तो फिर उस्ताद, संभलना!''

पुल के उस पार वाले बांके के शागिर्दों ने गगन-भेदी स्वर में नारा लगाया, ''या अली!''

पुल के इस पार वाले बांके के शागिर्दों ने भी गगन-भेदी स्वर में नारा लगाया, ''या अली!''

दोनों तरफ से दोनों बांके, कदम-ब-कदम लाठी के हाथ दिखलाते हुए तथा एक-दूसरे को ललकारते आगे बढ़ रहे थे। दोनों तरफ से बांकों के शागिर्द हर कदम पर 'या अली!' के नारे लगा रहे थे, और दोनों तरफ के तमाशाइयों के हृदय उत्सुकता, कौतूहल तथा इन बांकों की वीरता के प्रदर्शन के कारण धड़क रहे थे।

पुल के बीचोंबीच, एक-दूसरे से दो कदम की दूरी पर दोनों बांके रुके। दोनों ने एक-दूसरे को थोड़ी देर गौर से देखा। फिर दोनों बांकों की लाठियां उठीं और दाहिने हाथ से बायें हाथ में चली गईं।

इस पार वाले बांके ने कहा, "फिर उस्ताद!"

उस पार वाले बांके ने कहा, "फिर उस्ताद!"

इस पार वाले बांके ने अपना हाथ बढ़ाया, और उस पार वाले बांके ने अपना हाथ बढ़ाया। और दोनों के पंजे गुंथ गए।

दोनों बांकों के शागिर्दों ने नारा लगाया, 'या अली!'

फिर क्या था! दोनों बांके ज़ोर लगा रहे हैं; पंजा टस से मस नहीं हो रहा है। दस मिनट तक तमाशबीन सकते की हालत में खड़े रहे।

इतने में इस पार वाले बांके ने कहा, "उस्ताद, गज़ब के कस हैं!"

उस पार वाले बांके ने कहा, "उस्ताद, बला का ज़ोर है!"

इस पार वाले बांके ने कहा, "उस्ताद, अभी तक मैंने समझा था कि मेरे मुकाबले का लखनऊ में कोई दूसरा नहीं है।"

उस पार वाले बांके ने कहा, "उस्ताद, आज कहीं जाकर मुझे अपने जोड़ का जवांमर्द मिला!"

इस पार वाले बांके ने कहा, "उस्ताद, तबीयत नहीं होती कि तुम्हारे जैसे बहादुर आदमी का खून करूं।"

उस पार वाले बांके ने कहा, "उस्ताद, तबीयत नहीं होती कि तुम्हारे जैसे शेर दिल आदमी की लाश गिराऊं!"

थोड़ी देर के लिए दोनों मौन हो गए। पंजा गुंथा हुआ, टस से मस नहीं हो रहा है।

इस पार वाले बांके ने कहा, "उस्ताद, झगड़ा किस बात का है?"

उस पार वाले बांके ने कहा, "उस्ताद, यही सवाल मेरे सामने है।"

इस पार वाले बांके ने कहा, "उस्ताद, पुल के इस तरफ के हिस्सेका मालिक मैं!"

उस पार वाले बांके ने कहा, ' उस्ताद, पुल के इस तरफ के हिस्से का मालिक मैं!"

और दोनों ने एक साथ कहा, "पुल की दूसरी तरफ से हमें कोई मतलब नहीं और न हमारे शागिर्दों को।"

दोनों के हाथ ढीले पड़े, दोनों ने एक दूसरे को सलाम किया और फिर दोनों घूम पड़े। छाती फुलाए बांके बराबर की जोड़ छूटे और उनमें सुलह हो गई।

इक्केवाले को पैसे देकर मैं वहां से पैदल ही लौट पड़ा, क्योंकि देर हो जाने के कारण नखखास जाना बेकार था।

इस पार वाला बांका अपने शागिर्दों से घिरा हुआ चल रहा था। शागिर्द कह रहे थे, ''उस्ताद, हम सबके सब अपनी जान दे देते! लेकिन उस्ताद, गज़ब के कस हैं!''

इतने में किसी ने बांके से कहा, ''मुला, स्वांग खूब भरयौ!''

बांके ने देखा कि एक लम्बा और तगड़ा देहाती, जिसके हाथ में एक भारी-सा लट्ठ है, सामने खड़ा मुस्करा रहा है।

उस वक्त बांके खून का घूंट पीकर रह गए। उन्होंने सोचा—एक बांका दूसरे बांके से ही लड़ सकता है, देहातियों से उलझना उसे शोभा नहीं देता।

और शागिर्द भी खून का घूंट पीकर रह गए। उन्होंने सोचा—भला उस्ताद की मौजूदगी में उन्हें हाथ उठाने का कोई हक भी है?

तिजारत का नया तरीका

मुंशी उलफतराय के शराब के नशे में तिमंजिले से उड़ने की कोशिश करे पर वहां से गिरकर मर जाने की सूचना तार द्वारा जिस समय उनके एक मात्र सुपुत्र तथा उत्तराधिकारी मुंशी खुशबख्तराय उर्फ मिस्टर के. राय के पास आई, उस समय वे एक एंग्लो-इंडियन गर्ल के कारण एक टॉमी से पिटने के बाद अस्पताल में मरहम-पट्टी करवाकर अपने कमरे में दर्द से कराह रहे थे।

इतवार का दिन था। मैं अपने मित्रों के साथ बैठा हुआ ब्रिज खेल रहा था। नौकर ने आकर इत्तला दी कि मिस्टर के. राय ने मुझे सलाम भेजा है और मुझे उठना ही पड़ा। वहां से उठना कुछ अखरा अवश्य; पर करता क्या, खुशबख्तराय मेरे सबसे घनिष्ठ मित्र थे।

मुझे देखते ही खुशबख्तराय ने तार मेरे सामने फेंक दिया। तार मैंने पढ़ा, मुख कुछ गम्भीर हो गया, स्वर कुछ भारी। मैंने कहा, ''अरे! दोस्त मुझे सख्त अफसोस है।''

एक हल्की मुस्कराहट खुशबख्तराय के मुख पर आई, ''अफसोस की ऐसी खास बात तो नहीं है। जो होना था वही हुआ! आखिर बाबूजी को मरना तो था ही, बीमार होकर महीनों चारपाई पर कराहकर तिल-तिल-कर मरने की जगह कुछ ही क्षणों में उनके प्राण निकल गए, यह उनके लिए अच्छा ही हुआ।''

मैंने कहा, ''यह तो ठीक है; पर तुम अनाथ हो गए—सारा उत्तरदायित्व अब तुम्हारे ऊपर आ पड़ा। पिता की मृत्यु तो लड़के के लिए बहुत बड़ी विपत्ति है।''

पर खुशबख्तराय पर उसका भी कोई असर न हुआ, ''ठीक कहते हो, फिर किया क्या जाए। आखिर एक दिन तो घर का उत्तरदायित्व मुझ पर आना ही था—कल की जगह आज मुझ पर आ गया। और देखो सुरेश, उत्तरदायित्व एक आयोग्य आदमी से उतरकर योग्य आदमी पर आ गया है, यह भी कुछ बुरा नहीं है।''

खुशबख्तरासय ने जो कुछ कहा, उसमें सत्य का कुछ अंश अवश्य था। मुंशी उलफतराय ने अपने पिता से दो गांव सोलह आने, एक बड़ी हवेली, एक फिटन और पन्द्रह हज़ार रुपये नकद पाए थे। अपने बीस वर्ष के शासनकाल में उनके दोनों गांव बिक गये थे, पन्द्रह हज़ार रुपया उड़ गया था तथा फिटन टूट गई थी। पर मुझे इसमें शक था कि उलफतराय और खुशबख्तराय इन दोनों में अधिक योग्य कौन है।

मैं एक कुरसी पर बैठ गया सिर झुकाए हुए—उसी तरह जिस तरह कोई भी मातमपुर्सी करने वाला बैठता है। थोड़ी देर तक चुप रहने के बाद खुशबख्तराय ने कहा, ''भाई सुरेश, मैं समझता हूँ कि मुझे घर जाना चाहिए। और तुम देखते हो कि मैं उठने के काबिल नहीं—इसीलिए तुम्हें बुलाया है कि तुम मुझे मेरे घर तक पहुंचा दो।''

यह बात मेरी समझ में ज़रा कम आई, मैंने कहा, ''भाई देखो, युनिवर्सिटी का अभी बहुत काम-काज करना है, फिर आज शाम को मिस...का डांस है और कल लोफर्स मूनलाइट में बोटिंग क्लब की बैठक है और परसों....है, हां, स्टेशन तक चलकर तुम्हें गाड़ी पर लाद अवश्य दूंगा।''

पर खुशबख्तराय को उस समय तुलसीदास की एक चौपाई याद आ गई, जो मैंने उनसे दस रुपयें मांगने के समय—ये दस रुपये मैं ब्रिज में हारा था और और अगर उसी समय मैं न देता तो मेरी इज़्ज़त जाती रहती, और दुर्भाग्यवश मेरे पास रुपये थे नहीं—उनको सुनाई थी और जिसके सुनते ही उन्होंने दस रुपये का नोट मुझे दे दिया था। उन्होंने मेरे ही स्वर में चौपाई पढ़ी :

''धीरज धर्म मित्र अरु नारी,
आपत काल परखिये चारी।''

इस चौपाई को सुनते ही मैं निरुत्तर हो गया। मुझे उनके साथ उनके घर तक जाना ही पड़ा।

मुंशी उलफतराय की बीवी, अथवा यों कहिए कि मि. राय की माता का देहान्त बहुत दिन पहले हो चुका था; और खुशबख्तराय की बीवी अपने मायके में थी। घर में मुंशी उलफतराय की मृत्यु पर रोने वालों में सिवा एक चमारिन के, जिसको पांच वर्ष पहले मुंशी उलफतराय ने घर में डाल लिया था, और कोई न था! वह चमारिन भी मुंशी उलफतराय की मृत्यु पर रो रही थी, या उस घर से निकाले जाने की आशंका पर रो रही थी, यह कहना कठिन है।

मैं दूसरे दिन सुबह ही लौट आया और अपने काम-काज में लग गया। हां, खुशबख्तराय की अनुपस्थिति मुझे ही क्या, हम लोगों की पार्टी को बुरी तरह अखर रही थी, पर करते क्या, मजबूरी थी। इतना निश्चय था कि तेरह दिन तक वे किसी तरह नहीं आ सकते।

और तेरह दिन भी बीत गए। मुंशी खुशबख्तराय तो नहीं आए, उनका पत्र अवश्य आया। उसमें उन्होंने लिखा था कि जायदाद का हिसाब वे समझ रहे हैं, अभी कुछ दिन घर में और ठहरना होगा।

यह घटना जनवरी की थी। फरवरी आई और निकल गई, मार्च आया और निकल गया। एम.ए. की परीक्षा शुरू होने वाली थी, हम लोगों की पढ़ाई-लिखाई ज़ोरों पर थी। एक दिन क्या देखते हैं कि मिस्टर के. राय का तांगा बोर्डिंग के फाटक पर रुका। दौड़कर हम लोगों ने उनका स्वागत किया, बहुत दिनों के बिछुड़े हुए मित्र गले मिले।

सुचित्त होकर जब मिस्टर खुशबख्तराय बैठे, तब मैंने उनसे पूछा, ''कहो भाई, क्या इस साल परीक्षा देने का विचार नहीं है?''

''नहीं।''

''क्यों?''

खुशबख्तराय मुस्कराए, ''परीक्षा देकर क्या करूंगा? एम.ए. पास करके कौन-सी नौकरी मेरे वास्ते रखी है? चालीस-पचास रुपये की क्लर्की से तो भूखे मरना अच्छा है।''

''तो फिर करोगे क्या?''

एक अजीब शान के साथ मिस्टर खुशबख्तराय ने अपनी जेब से अपना पर्स निकालकर अपने सामने रख लिया, ''हम करेंगे तिजारत! जनाब, जो हवेली मेरे वालिद साहब ने मेरे वास्ते छोड़ी थी, वह भी कर्ज़ से लदी हुई थी। बीस हज़ार में मैंने बेच दी। बीस हज़ार में से दस हज़ार तो कर्ज वाले ले गए—और दस हज़ार में से पांच हज़ार मेरी बीवी ले गई। रह गए पांच हज़ार, सो जनाब, वह में पर्स में हैं, तिजारत करने निकला हूँ!''

थोड़ी देर चुप रहकर उन्होंने फिर कहा, ''और सुरेश, तिजारत से ही आदमी अमीर हो सकता है। नौकरी करके आप कभी करोड़पति नहीं बन सकते—तिजारत करो। और हम पढ़े-लिखे लोग तिजारत करना नहीं चाहते। इसीलिए तो बेकारी बढ़ रही है। फिर मैं कहता हूँ कि अगर ये निरक्षर मारवाड़ी लाखों रुपये तिजारत

से पैदा कर सकते हैं, तो मैं क्यों नहीं इसमें सफल हो सकता, जबकि मैं काफी शिक्षित हूँ।''

और तीसरे दिन खुशबख्तराय कलकत्ता के लिए रवाना हो गए। एम.ए. पास करके मैंने वकालत पढ़ना आरम्भ किया। एक वर्ष बीत गया; पर मिस्टर खुशबख्तराय का कोई पता नहीं चला। पहले कुछ दिनों तक तो पत्र-व्यवहार हुआ और अन्तिम सूचना मुझे यह मिली थी कि उन्होंने किसी विदेशी फर्म की एजेन्सी ले ली। इसके बाद क्या हुआ, यह मुझे मालूम न था; पर उसे जानने को मैं बड़ा उत्सुक था।

और फिर एक दिन मिस्टर खुशबख्तराय लदे-फदे होस्टल पहुंचे। उन्हें देखते ही मैं उछल पड़ा। नौकर से उनका सामान मैंने अपने कमरे में रखवाया। इस बार मिस्टर खुशबख्तराय कुछ अधिक तन्दुरूस्त थे। कपड़े अधिक कीमती और बिलकुल अप-टू-डेट थे। मुख पर ललाई थी और आंखों में चमक और मैंने समझ लिया कि मिस्टर खुशबख्तराय व्यापार में फले-फूले हैं।

दिन-भर गपबाजी होती रही। रात के समय एकान्त में हम दोनों अपने सुख-दुःख की बातें करने बैठे। मैंने पूछा, ''कहो भाई, कलकत्ता में कैसी बीत रही है?''

मिस्टर खुशबख्तराय का मुख उतर गया, ''यार, कलकत्ता छोड़ आया!''

''अरे!'' आश्चर्य से मैंने पूछा।

''हां, दुनिया बड़ी बेईमान है और कलकत्ता तो बेईमानों का घर है। एक आदमी के साझे में ऐजेन्सी ली थी। एजेन्सी का काम-काज वह देखता था और मैं ज़रा कलकत्ता की रंगत देखने में लग गया। साल-भर बाद उसने जब हिसाब-किताब बताया, तो मालूम हुआ कि आठ हज़ार रुपये का घाटा आया। उस आठ हज़ार में चार हज़ार मेरे और चार हज़ार उसके थे। अब वह बोला कि चार हज़ार और दो तो काम चले और मेरे पास तुम जानते ही हो कि कुल पांच हज़ार रुपये थे।''

''यार, यह तो बुरा हुआ।'' मैंने गम्भीर होकर कहा।

खुशबख्तराय मुस्कराये, ''ऐसा कोई बुरा भी नहीं हुआ। साला बेईमानी कर गया; क्योंकि वह अकेले अब ऐजेन्सी लिए हुए है। लेकिन इससे क्या, मैं यह जान गया हूँ कि दुनिया में किसी पर विश्वास नहीं करना चाहिए। कुछ सीखा ही। अब जो व्यापार करूंगा, उसमें मेरा अनुभव मेरी सहायता करेगा।''

''लेकिन तुम्हारे पास अब रुपया कहां है, जो तुम व्यापार करोगे?'' अपनी

मुस्कराहट दबाते हुए मैंने पूछा। खुशबख्तराय का मुख उतर गया, ''हां, यार यह तो ठीक कहते हो।'' पर एकाएक मुख खिल उठा, ''अरे, अभी एक हज़ार तो मेरे पास हैं–कोई छोटा काम आरम्भ करूंगा–वह बढ़ते-बढ़ते बड़ा काम हो जाएगा।''

फिर यह सोचा गया कि खुशबख्तराय अब कौन-सा काम करें। किसी निर्णय पर हम नहीं पहुंच सके। एकाएक खुशबख्तराय कुर्सी से उछल पड़े, ''आ गया, एकबारगी अच्छा काम समझ में आ गया! क्यों, यूनिवर्सिटी में रेस्टोरां क्यों न खोलूं!'' और रेस्टोरां खुल गया, बड़ी शान से। ओपनिंग सेरेमनी में दावत हुई, गाना-बजाना हुआ और बड़े जलसे रहे। महीने-भर के अन्दर ही रेस्टोरां चल निकला।

मैंने वकालत पास की और अपने घर चला गया। मिस्टर खुशबख्तराय का रेस्टोरां ज़ोरों के साथ चल रहा था। और मुझे प्रसन्नता यह थी कि साल-भर के अन्दर ही वे अपने काम में सफल हुए, पर कन्वोकेशन के समय जब मैं आया तब अचानक एक अजीब दृश्य देखने को मिला।

मिस्टर खुशबख्तराय के रेस्टोरों के सामने भीड़ लगी थी। भीतर मिस्टर खुशबख्तराय उदास बैठे थे और उनको घेरे खड़े थे पांच-छह आदमी, बही व एकाउंट बुक के साथ। बाहर एक आदमी डुग्गी बजा रहा था और भीतर दो नौकर दुकान का सामान हटा रहे थे।

मुझे देखते ही मिस्टर खुशबख्तराय की जान में जान आई। तपाक से वे उठे, मुझे उन्होंने कुर्सी पर बैठाया। मैंने पूछा, ''यह क्या है?''

मिस्टर खुशबख्तराय का स्वर दृढ़ हो गया, ''है क्या! वे लोग सबके सब बेईमान हैं। इतना कहा कि भाई, अपना हिसाब-किताब ठीक बनाओ, लेकिन मानते ही नहीं। दूना और चौगुना तो हिसाब बनाए हुए हैं, और मेरा रुपया उधार में फंसा है। भला बताओ, मैं दूं तो कहां से? अब आए हैं दुकान नीलाम करनेवाले, ले जाएं साले, क्यों लेंगे कुछ चीनी के और कुछ टीन के बरतन! यही न! और चलो–तुम अच्छे आ गए, मैं तो यहां से जाने ही वाला था। यह दुकान है सो लो, क्रेडिट बुक है तो लो और भुगतो बाबा, मैं बाज आ गया!'' और यह कहते हुए उन्होंने शान से अपना हैट लगाया और मेरा हाथ पकड़े हुए दुकान के बाहर आ गए।

मैं उनके घर आ गया। वहां बैठकर मैंने उनसे बातें कीं। अपनी सारी कथा आदि से अन्त तक उन्होंने मुझे सुना डाली। किस प्रकार यूनीवर्सिटी के लड़कों

ने उनको दाम नहीं दिए, किस प्रकार उन्होंने मुरौवत में रुपयों का तकाजा नहीं किया। किस प्रकार उन पर मुकदमे चले, किस प्रकार उन पर डिगरियां हुई और किस प्रकार उनकी दुकान कुर्क हुई।

"अब क्या करोगे?" मैंने पूछा।

कुछ सोचकर उन्होंने कहा, "अबकी बार ऐसा व्यापार करूंगा, जिसमें मुझे घाटा हो ही नहीं सकता।"

"ऐसा कौन सा व्यापार है?"

"यह न पूछो। बस इतना जानना काफी है कि व्यापार करूंगा, नौकरी नहीं।"

"और व्यापार करने के लिए रूपया?"

"अरे हां, यह तो मैं भूल ही गया था।" मिस्टर खुशबख्तराय कुछ विचलित हुए, पर शीघ्र ही वे सुव्यवस्थित होकर बोले, "दोस्त , सौ रुपया तो मेरे पास है, चार सौ रुपया और चाहिए। अगर तुम उधार दे सको, तो मैं तीन महीने के अन्दर ही तुम्हें लौटा दूंगा।"

मैं मुस्कराया। खुशबख्तराय के कन्धे पर हाथ रखते हुए मैंने कहा, "यार, रुपया वापस करने की तो बात छोड़ो, क्योंकि हम दोनों के बीच कभी वापस करने का अवसर नहीं आया। हां, चार सौ रुपया मैं तुम्हें अवश्य दे सकता हूँ एक शर्त पर, कि फिर तुम आगे मुझसे और कुछ न मांगो।"

मेरी बात खुशबख्तराय को कुछ बुरी लगी। उनका मुख तमतमा उठा, "सुरेश, तुम बड़े कमीने आदमी हो। तुम्हारे चार सौ की जगह तुम्हें चार हज़ार वापस करूंगा, समझे!"

किसी तरह मैंने खुशबख्तराय को शान्त किया। चार सौ मैंने उन्हें दे दिये।

कचहरी से लौटते समय मैंने अपनी कार सर्राफे में बढ़ा दी। मेरी बीवी ज़िद पकड़ गई थी कि अपनी कमाई से एक गहना मैं उसे बनवा दूं।

और वहां मैंने देखा कि एक दुकान पर भीड़ जमा है। एक अप-टू-डेट जेंटिलमैन को पकड़े हुए चार-पांच आदमी बैठे हुए हैं और बीच-बीच में लोग उन जेंटिलमैन के एक-आध धप भी रख देते हैं। मैंने कार रोक दी और पूछा, "क्या है?"

एक आदमी बोला, "वकील साहब, जाली सिक्के चला रहा है। पुलिस में खबर तो भिजवा दी है; लेकिन पुलिस के आने तक इनकी थोड़ी-सी मरम्मत हमीं लोग कर रहे हैं।"

मेरे आश्चर्य का ठिकाना न रहा, जब मैंने देखा कि जो सज्जन पिट रहे हैं वे मेरे सबसे घनिष्ठ मित्र खुशबख़्तराय थे। मैं कार से उतर पड़ा। खुशबख़्तराय मुझे देखते ही उछल पड़े। एक झटके में उन्होंने अपने को चार-पांच लोगों से छुड़ा लिया, तनकर वे खड़े हो गए। उन्होंने कहा, ''मिस्टर सुरेश, आप हैं! देखिए ये लोग एक शरीफ परदेसी की इज़्ज़त बिगाड़ रहे हैं। एक तो मेरे रुपयों को जाली कहकर छीन लिया और ऊपर से मुझे मार रहे हैं।''

दुकानवाले ने मुझसे कहा, ''वकील साहब, देखिए, ये जाली रुपये हैं या नहीं?'' यह कहकर उसने दो सौ रुपये मेरे सामने रख दिए।

खुशबख़्तराय गरज उठ, ''ये रुपये मेरे नहीं हैं, खुद जाली रुपये बनाता है और मेरे रुपये दुकान में रख कर कहता है कि मैंने जाली रुपये दिए। आने दो पुलिस को!'' और इतना कहकर तेज़ी के साथ अंग्रेज़ी में वे मुझसे क्षेमकुशल पूछने लगे।

दुकानवाला घबड़ाया। मैंने भी अब मौक़ा देखकर कहा, ''अच्छा अब क्या हो? पुलिस को बुलाना बेकार है, तुम दोनों ही फंसोगे।''

दुकानवाले ने सकपकाते हुए कहा, ''तो वकील साहब, अब बतलाएं, क्या हो!''

''हो क्या? तुम उनके रुपये उनको दे दो और वे चले जाएं।''

काफी कहा-सुनी के बाद खुशबख़्तराय अपने जाली रुपये लेकर वहां से हटे। कार पर उन्हें बिठलाकर मैं अपने घर पर लाया।

कार में मैंने खुशबख़्तराय से कहा, ''ये जाली रुपये लेकर क्यों घूम रहे हो? जानते हो कि इसमें तुम्हें क्या सजा हो सकती है?''

''यार, क्या बतलाऊं, तौल में कुछ गलती हो गई।''

''कैसी तौल?'' मैंने आश्चर्य से पूछा।

बड़े इत्मीनान के साथ मि. खुशबख़्तराय ने कहा, ''आजकल मैं रुपया बनाने का रोज़गार कर रहा हूँ।''

''कुछ पैदा किया?'' मैंने पूछा।

''नहीं, अभी तक तो सिर्फ मेरा ही खर्च निकल रहा है, और वह भी मुश्किल से। इन रुपयों को निकालने वाला एजेंट जब तक नहीं मिलता, तब तक यह काम अधिक नहीं चल सकता।'' थोड़ी देर तक रुककर उन्होंने फिर कहा, ''और अगर आज तुम न आ गए होते, तो मैं बड़ी मुसीबत में पड़ जाता। भाई, आज के अनुभव के बाद यह काम छोड़ना भी ज़रूरी हो गया।''

“फिर क्या करोगे?” मैंने पूछा।

“कुछ समझ में नहीं आता, कुछ न कुछ तो करना ही पड़ेगा।”

एक हफ्ते बाद मि. खुशबख्तराय मेरे मकान पर आए। उस दिन वे बड़े प्रसन्न दिखते थे। बातचीत होती रही। एकाएक उन्होंने मुझसे कहा, “सुरेश, पैसा पैदा करने का एक बड़ा ही सुन्दर तरीका मैंने ढूंढ निकाला है।”

“वह क्या है?”

“देखो, कल यहां के सबसे बड़े सेठ...से मैं मिला। उससे कहा कि एक हफ्ते के अन्दर पांच हज़ार रुपया मुझे दे दो, नहीं तो उसके बाद शहर के किसी भी चौराहे पर मैं तुम्हारे पांच जूते मारूंगा।”

“तो तुम क्या समझते हो कि वह तुम्हें पांच हज़ार रुपया दे देगा?”

“क्यों नहीं, अगर उसे इज़्ज़त बचानी है, तो वह शर्तिया देगा।”

“और अगर न दे तो?”

“तो मैं उसके पांच जूते ज़रूर मारूंगा, और वह भी ठीक चौराहे पर, जहां सब लोग देख सकें।”

“तो उसके लिए तुम्हें जेल जाना पड़ेगा।”

“अरे, जेल जाने से क्या हुआ?...जहां महात्मा गांधी, पंडित जवाहर लाल जैसे बड़े आदमी जेल जाते हैं, वहां मुझे जेल जाने में क्या आपत्ति?”

“वे लोग तो राजनीतिक कारणों से गए हैं।”

“और मैं भी राजनीतिक कारणों से ही जाऊंगा। जानते हो कि मैं सोशलिस्ट हूँ। मैं धन के बराबर बंटवारे में विश्वास करता हूँ। सेठ के पास अधिक रुपया है ओर उसे इतना अधिक रुपया रखने का अधिकार नहीं है।”

“तुम्हारी सफलता के लिए मेरी शुभकामना!” यह कहकर मैं हँस पड़ा।

और पन्द्रह दिन बाद मिस्टर खुशबख्तराय कचहरी में हाजिर किए गए। उन पर अभियोग था...चौराहे पर उन्होंने सेठ...के पांच जूते मारे। अपने सबसे घनिष्ठ मित्र की पैरवी मुझे ही करनी पड़ी।

अदालत में मिस्टर के. राय ने सोशलिज्म पर एक लम्बा-चौड़ा व्याख्यान दिया और मजिस्ट्रेट ने उनकी प्रतिभा से प्रभावित होकर उन्हें छह महीने के लिए सरकारी मेहमान बना लिया।

जिस समय मिस्टर खुशबख्तराय जेल जा रहे थे, उन्होंने मुझसे कहा, “सुरेश, देखना, छह महीने बाद जब मैं उस सेठ से कहूँगा कि अबकी रुपया दो या बीच

चौराहे पर फिर पांच जूते मारूंगा, तो इस बार शर्तिया रुपये दे देगा, समझे? और देखो, पत्रों में मेरा बयान प्रकाशित करवा देना।''

तीन महीने बीत चुके हैं, और तीन महीने बाद मिस्टर खुशबख्तराय जेल से बाहर आएंगे। मैं उनकी प्रतीक्षा कर रहा हूँ। देखूं कि इस बार उनको सफलता मिलती है या नहीं। यदि उनको सफलता मिल गई, तो दुनिया को रुपया पैदा करने का एक बहुत ही नया और सरल उपाय मालूम हो जाएगा।

रहस्य और रहस्योद्घाटन

लखनऊ के शनिवार के क्लब के सदस्य तो सोलह हैं, लेकिन उस दिन कुल चार आदमी ही एकत्र हो पाए थे। जनवरी महीने की सर्दी वैसे ही काफी तेज़ होती है, लेकिन उस दिन तो सुबह से ही बर्फीली हवा चलने लगी थी और दोपहर के बाद हलकी बूंदाबांदी शुरू हो गई थी।

पहले मैं अपना परिचय दे दूं। ज्ञानगुप्त गौतम के नाम से हरेक देशवासी को परिचित होना चाहिए, क्योंकि मेरे खिलाफ गांजे की स्मगलिंग का जो मुकदमा चला था, उसे लेकर देश के सभी प्रमुख पत्रों में मेरे चित्र छपे थे, मेरे सम्बन्ध में न जाने क्या-क्या लिखा गया था। सरकार के भरसक प्रयत्न के बावजूद नीचे की अदालत से लेकर सुप्रीम कोर्ट तक मैं निर्दोष ही साबित होता रहा। पांच लाख रुपया खर्च हो गया था मेरा उस मुकदमे में लेकिन मेरी इज़्ज़त का मामला था। कहावत है कि 'जान है तो जहान है', सो अपने दो सुपुत्रों के कहे की परवाह न करके मैंने अपनी इज़्ज़त बचाई। मेरी एक्सपोर्ट और इम्पोर्ट की फर्म 'गुप्त गौतम ब्रदर्स' बम्बई में है, लेकिन इस मुकदमेबाजी के बाद उस फर्म का नाम बदलकर 'समृद्धि और विकास' कर दिया है। मुझे जबरदस्ती लखनऊ भेज दिया गया है स्वास्थ्य-लाभ के लिए, क्योंकि उस मुकदमेबाजी में मैं जीता तो था लेकिन तन्दुरुस्ती टूट गयी थी और डाक्टरों ने लम्बे विश्राम की सलाह दी थी। यहां लखनऊ में मैं अपनी कोठी में जम गया हूँ। मेरी कोठी 'शोभा सदन' लखनऊ की शानदार कोठियों में अग्रगण्य मानी जाती है। अब मैं पूर्णतः स्वस्थ हूँ, लेकिन मेरे पुत्रों ने मुझे बम्बई जाने से रोक दिया है। धीरे-धीरे उनकी साख बढ़ने लगी है और उन्हें खतरा इस बात का है कि कहीं पुलिस का टंटा फिर न शुरू हो जाए। तो मैंने निश्चय कर लिया है कि व्यापार धन्धे से संन्यास लेकर अपने पुराने पापों का प्रक्षालन करूं और देश की सेवा में अपना जीवन अर्पित कर दूं। यानी मैं पार्लियामेंट का सदस्य बन कर देश को समृद्ध बनाऊं, अपनी फर्म

'समृद्धि और विकास' को और समृद्ध बनाऊं। और अपने मित्रों एवं शुभचिन्तकों को भी समृद्ध बनाऊँ। तो किसी राजनीतिक पार्टी के टिकिट पर लोकसभा चुनाव लड़ने वाला हूँ। मेरे सुपुत्रों ने दो लाख की रकम भेज दी है।

मैंने अपने इस इरादे की खबर सिवा अपने सुपुत्रों के और किसी को नहीं दी है, लेकिन उस दिन सुबह ही प्रसिद्ध तांत्रिक एवं भविष्यवक्ता चमन चांडाल मेरे यहां पधारे और आते ही उन्होंने मुझसे कहा, ''दुर्दिन समाप्त! शुक्र में राहु, राहु में शनि, मंत्री बनेगा, मंत्री! यह ले भभूत!'' और ज़बरदस्ती मेरे माथे पर एक चुटकी भभूत मलकर वह उलटे पैरों तेज़ी के साथ चले गए—बिना बैठे, बिना मिठाई-नाश्ता किए, बिना दान-दक्षिणा लिए।

दोपहर के समय जनसंघ के एक प्रमुख कार्यकर्ता पधारे, ''आप बड़े आस्थावान प्राणी हैं, हम आपको पार्टी का प्रत्याशी बनाना चाहते हैं, आप अपनी स्वीकृति दे दीजिए।''

''जल्दी का काम शैतान का''—मुझे यह कहावत याद है सो मैंने कहा कि ''दो दिन का समय दीजिए, सोचकर उत्तर दूंगा; वैसे राजनीति में आकर देशसेवा का जी तो चाहता है...'' और मैंने उनको अच्छा जलपान कराके विदा किया।

शाम के समय कांग्रेस कमेटी के एक विशिष्ट मंत्री ने मुझे फोन किया, ''लखनऊ की कांग्रेस कमेटी लखनऊ नगर के अपने प्रत्याशियों की जो एक सूची बना रही है उसमें आपका नाम सर्वप्रथम रखना चाहती हैं। आपको इसमें आपत्ति नहीं होगी?''

''मुझे भला क्या आपत्ति हो सकती है, मैं तो देश का एक तुच्छ सेवक हूँ, लेकिन चुनाव-खर्च मैं सिर्फ अपना दूंगा। दूसरे का चुनाव-खर्च देने की अवस्था में नहीं हूँ।''

''हें-हें, क्यों मज़ाक करते हैं! हमारी पार्टी को क्या भिगमंगों और कंगालों की पार्टी समझ लिया है आपने? हमें इसी से संतोष है कि आप अपना चुनाव-खर्च स्वयं बर्दाश्त कर लेंगे।''

मैंने तत्काल अपने साले के लड़के को, जो इन दिनों प्राईवेट सेक्रेटरी भी है, बुलाकर पचास रुपये के फूल, मेवे और मिठाइयां तथा पचास रुपये नकद तांत्रिक चमन चांडाल के यहां भिजवा दिए और तुलसीदास का यह पद, ''जब जानकीनाथ सहाय करें, तब कौन बिगाड़ सके नर तेरो'' गुनगुनाते हुए कपड़े बदले। ड्राइवर से मैंने कहा, ''शनिवार क्लब की तरफ।''

क्लब के बाहर सन्नाटा था। चौकीदार बुधई पासी, गुरसी जलाए हुए बरामदे

में बैठा आग ताप रहा था और भीतर से मिस्टर भोलानाथ टंडन निहायत बिगड़े हुए मूड में मौसम को और सदस्यों को गालियां देते हुए निकल रहे थे। मुझे देखते ही वह रुक गए, ''अरे, मिस्टर गौतम, बड़े अच्छे आ गए, मैं तो जा ही रहा था। यह साला मौसम भी क्या है। साढ़े सात बज गए हैं और यहां सन्नाटा...''

मैंने उनका हाथ पकड़कर कहा, ''किसी को गाली देने से क्या मिल जायेगा, आप एक और मैं एक, एक और एक मिलकर ग्यारह होते हैं, तो आइए जमा जाए।''

''आऊंगा नहीं तो जाऊंगा कहां? हफ्ते में एक शाम का समय निकालता हूँ तफरीह के लिए, वैसे दम मारने की फुरसत नहीं।'' हम लोग एक मेज़ के दोनों तरफ बैठ गए थे। बेयरा रामदीन ने लपककर हम दोनों को सलाम किया, ''क्या लावें सरकार?'' और मैंने उत्तर दिया, ''एक-एक पैग छोटा व्हिस्की।''

बैरिस्टर टंडन ने ताश की गड्डी उठाई और रमी के पत्ते बांटने लगे, तब एक आवाज़ सुनाई दी, ''तीन जगह बांटिएगा, मैं भी आ गया।'' और मैंने देखा कि मिस्टर लोकनाथ मिश्र कमरे में प्रवेश कर रहे हैं। आते ही उन्होंने पुकारकर कहा, ''एक बड़ा पैग रम का।'' और बैठते हुए मानो वह अपने ही अन्दर भुनभुनाए, ''साले मिनिस्टर क्या हुए, हमें गुलाम और कंगाल समझ लिया। दिनभर देहातों में घूमते रहे, दोपहर को मक्के की रोटी, दही और साग, शाम के वक्त चिवड़ा और मूंगफली के साथ चाय। मिठाई देहात के सड़े हुए खोए की, और चाहता है कि मैं उसे देश का निर्माता, भारत का भाग्य-विधाता बनाऊं। हाथ-पैर अकड़ गए हैं।''

श्री लोकनाथ मिश्र 'स्टार्म एण्ड थंडर' नामक दैनिक पत्र के विशेष संवाददाता हैं और इस पत्र की अंतर्राष्ट्रीय ख्याति है। उनकी उम्र कोई पचास साल की रही होगी। निहायत काले और हब्शी-से दिखने वाले आदमी, लेकिन कलम में बला की ताकत! लोग उनका जितना आदर करते थे उससे अधिक उनसे डरते थे।

ताश बांट दिए गए थे। तीनों के सामने शराब के गिलास थे। तभी डाक्टर महेश्वरनाथ ने प्रवेश किया। मोटे-से आदमी उम्र करीब सत्तावन-अट्ठावन साल, मुंह में सिगार लगा हुआ, बड़े इत्मीनान के साथ चौथी कुर्सी पर बैठे। फिर उन्होंने लोकनाथ मिश्र से कहा, ''क्यों, मिश्राजी, कल मैं आपका इंतज़ार ही करता रह गया, अपने असस्टिंटों को इकट्ठा कर रखा था मैंने। उनसे कह दिया था कि आपकी आंखें देश की आंखें हैं, उनका ठीक तौर से इलाज होना चाहिए, अगर आप जल्दी से चशमा नहीं लेते तो आपकी आंखों की खैर नहीं।''

डॉक्टर महेश्वरनाथ मेडिकल कालेज में नेत्र-विभाग के प्रोफेसर हैं, जल्दी ही रिटायर होने वाले हैं। घर में काफी जमा-जथा है, ज़्यादा मेहनत करने में उन्हें विश्वास

नहीं। बड़े खुशमिज़ाज, दवा-इलाज की अपेक्षा विभिन्न सांस्कृतिक एवं राजनीतिक गतिविधियों में दिलचस्पी। लोकनाथ ने उत्तर दिया, ''माफ कीजिएगा डॉक्टर साहब, कल सूफी हफीज़ मुहम्मद शरीफ उलउलेमा से मुलाकात हो गई। उन्होंने ममीरे का सुरमा दिया है, कहा है कि पन्द्रह दिन बाद दिन में तारे दिखने लगेंगे। पहुंचे हुए पीर औलिया, न जाने क्या-क्या हैं।''

बेयरा रामदीन बिना पूछे ही डाक्टर महेश्वरनाथ के सामने व्हिस्की रख गया था। एक घूंट पीकर डॉक्टर महेश्वरनाथ ने बड़े इत्मीनान के साथ कहा, ''ठीक है, इन संतों और औलियों का क्या कहना! अगर साथ में वैद्य या हकीम भी हुए। बड़े पहुंचे लोग होते हैं—न रहे बांस, न बजे बांसुरी। जड़ से साफ कर देते हैं मर्ज!''

''क्या मतलब आपका?'' कुछ भड़ककर लोकनाथ मिश्र बोले।

''जी आपको तारे क्या, स्वर्गलोक, जन्नत और न जाने क्या-क्या दिखेगा! बाकी यह दुनिया भी कोई देखने की चीज़ है?'' मुंह बनाते हुए डॉक्टर महेश्वरनाथ ने कहा, ''मैं कहता हूँ हजरत, चश्मा लीजिए, इन अनाड़ियों के फेर में मत पड़िये।''

मिस्टर मिश्र ने मुस्कराते हुए कहा, ''डॉक्टर साहब, आप लोग साइंस वाले आदमी हैं, हर चीज़ को मैटेरियल नज़र से देखते हैं, लेकिन इस मैटेरियल यानी भौतिक तत्व से भी ऊपर चीज़ें होती हैं।''

बैरिस्टर टंडन ने ताशों की गड्डी एक तरफ रखते हुए कहा, ''हां, मिश्रजी, होती हैं, मैंने खुद देखी हैं।''

''आपको क्या कोई अनुभव हुआ है ऐसा?'' डॉक्टर महेश्वर ने पूछा।

''जी हां, कहिए तो सुनाऊं?''

''हां, हां!'' हमने एक स्वर में कहा, और मिस्टर टंडन ने प्रारम्भ किया :

''अभी दो साल पहले की बात है, वह जो यहां सुप्रसिद्ध सेठ घसीटेमल जी हैं वही, एक दिन सुबह-सुबह बड़े घबड़ाए हुए मेरे यहां आए, बोले, ''बैरिस्टर साहब, बड़ा गज़ब हो गया, बाबा देवमलंग हवालात में बन्द हैं।''

''यह बाबा देवमलंग कौन है, और हवालात में क्यों बन्द है?'' मैंने पूछा।

''बड़े पहुंचे हुए सिद्ध हैं। कल रात करीब एक बजे बटलर रोड पर आई. जी. के बंगले के पास से होते हुए, लम्बे-लम्बे डग भरते हुए बनारसी बाग जा रहे थे कि पुलिसवालों ने उन्हें रोककर उनसे पूछताछ की, लेकिन बाबा ने चुप्पी साध ली। तो पुलिसवालों ने उन्हें हवालात में बन्द कर दिया। तब से बाबाजी मौन हैं, न खाते-पीते हैं, न बोलते हैं।''

तो लाला घसीटेमल बात कर ही रहे थे कि एक आदमी मेरे कमरे में घुस गया, जिसके पीछे मेरे मुंशी उसे रोकते हुए आ रहे थे। लम्बा-चौड़ा आदमी निहायत मैले कपड़े पहने हुए, दाढ़ी बढ़ी हुई, आंखें लाल-लाल, चेहरा डरावना। हाथ में एक बड़ा-सा झोला। उस आदमी की बदतमीजी पर मुझे बड़ा गुस्सा आया, लेकिन तभी सेठ घसीटेमल उठकर उनके पैरों पर गिर पड़े। उस आदमी ने घसीटेमल को उठाया, 'क्यों रे घसीटे, बैरिस्टर साहब से छुड़वाने आया था? तो मैं खुद ही आ गया हूँ। हवालात में वैसे का वैसा ताला लगा है। ढूंढ रहे होंगे साले मुझे।' और खाली कुर्सी पर बैठता हुआ मुझसे बोला, 'देख क्या रहे हो, दो दिन का भूखा हूँ, मंगवाइए कुछ खाने को। आधा सेर जलेबी और एक सेर दूध—बस, इतने से काम चल जाएगा।''

"मैं समझ गया कि यही बाबा देवमलंग हैं। मैंने मुंशी को दौड़ाया दूध-जलेबी लाने के लिए। बाबा देवमलंग मुझसे बोले, 'क्या सोचता है भगत, वैसे सब कुछ यहीं मंगवा दूं; लेकिन हरेक चीज़ की कीमत चुकानी पड़ती है, जो चीज़ चाहे वह इसी वक्त यहीं मंगवा दूं; लेकिन उसे वापस कर देना होगा।''

मैंने सुन रखा था कि कुछ बाबा लोग अपने झोलों में तरह-तरह के सामान रखते हैं और वह लोगों पर सम्मोहन डालकर उनसे चीज़ें मंगवाने को कहला देते हैं, जो उनके झोलों में हों फिर झोलों से वही चीज़ें निकाल कर लोगों को चकित कर देते हैं। तभी मुझे अपने समधी लाला बलराज खन्ना की याद हो आई, जो दो-तीन दिन पहले मेरे यहां आए थे। उनके गले में सोने की एक खूबसूरत माला थी, जिसमें भगवान श्री कृष्ण की मूर्ति थी। तो मैंने बाबा देवमलंग से कहा कि वह बलराज खन्ना के गले की माला मंगवा दें तो हम जानें।

"अभी लो, पहले जलपान हो जाए।'' और बाबा पद्मासन लगाकर तख्त पर जम गए।

मुंशी दूध और जलेबी ले आया। बाबाजी ने डटकर नाश्ता किया, इसके बाद उन्होंने कहा, "भगत, तू वह माला चाहता है, तो ले!'' और उन्होंने हवा में हाथ हिलाया और माला उनकी मुट्ठी में थी। उन्होंने माला मुझे पकड़ा दी।

लोकनाथ मिश्र चौंक उठे, "आपने गौर से देखी, वही माला थी?''

"जी, अच्छी तरह उलट-पलटकर देखा, वही माला थी। तो उसके बाद एक घण्टे बैठे बाबा मेरे यहां। मैंने वह माला अपने गले में पहन ली थी। एक घण्टे बाद बाबा जी उठे—'भक्त, तेरे कचहरी जाने का वक्त हो गया है और मुझे भी रामेश्वरम् जाना है। मध्याह्न काल की आरती में बाबा भूतनाथ पर गंगाजल चढ़ाने

के लिए। भगत घसीटेमल, फिर कभी आऊंगा, तेरी सेवा स्वीकार करने के लिए।''
और देवमलंग बाबा तीर की तरह मेरे कमरे से बाहर हो गए। हम लोग उनके पीछे दौड़े, लेकिन बाबा देवमलंग की धूल का भी पता नहीं। गले पर हाथ लगाया, लाला बलराज खन्ना वाली माला वहीं मौजूद थी।

''उसके बाद मैं गया कचहरी, एक सेशंस का मामला था। दो बजे तक मुकदमे में लगा रहा। वहां से मैं अपने चैम्बर में लौटा। बड़ी थकावट मालूम हो रही थी, आरामकुर्सी पर बैठ गया और मुझे झपकी आ गई। मुश्किल से पांच मिनट की झपकी आई होगी, ढाई बजे दूसरा केस था न। मुवक्किल ने मुझे आवाज़ दी। मैं उठा, अपनी टाई ठीक करते हुए और कलेजा धक् से रह गया। माला मेरे गले में न थी। रात में घर लौटते ही मैंने बलराज खन्ना को फोन मिलाया और उन्होंने बताया कि उस दिन सुबह के समय जब वह स्नान करने गए तो उन्होंने माला बाथरूम की खूंटी पर टांग दी थी। स्नान करके जब वह माला लेने को मुड़े, तब उन्होंने देखा कि वह माला खूंटी पर नहीं थी। इधर-उधर ढूंढ़ा, कहीं नहीं मिली। उन्हें जल्दी थी, ऑफिस में कुछ खास लोगों से मिलना था, सो चले गए। शाम को जब वापस लौटे तो बाथरूम में गए, माला वहीं खूंटी पर टंगी हुई मिली।''

खुद मिस्टर भोलानाथ टंडन के साथ यह घटना घटी। विश्वास तो नहीं होता था, लेकिन अविश्वास भी नहीं किया जा सकता था। थोड़ी देर तक सन्नाटा वहां छाया रहा। फिर मिस्टर लोकनाथ मिश्र ने कहा, 'दैवी शक्ति पर तो मुझे विश्वास नहीं, लेकिन सोने की माला इलाहाबाद से आपके कमरे में आ गई और उसे आते किसी ने देखा नहीं, वैज्ञानिक ढंग से इस पर विश्वास नहीं किया जा सकता।''

इसके पहले कि बैरिस्टर टंडन कोई उत्तर देते, डॉक्टर महेश्वरनाथ बोल उठे, ''डॉक्टर हूँ और मैंने साइंस पढ़ी है, लेकिन मैं उस पर विश्वास कर सकता हूँ एक वैज्ञानिक के नाते।''

मैं चौंक उठा, ''आप विश्वास करते हैं? अजीब बात है!''

''बिलकुल साधारण बात है'' डॉक्टर महेश्वरनाथ ने सिगार की राख झाड़ी, ''आप लोग जानते हैं कि वैज्ञानिकों ने अणु विस्फोट कर लिया है। पदार्थ अणुओं से बना है, और अणु के विस्फोट पर एनर्जी या ऊर्जा रह जाती है। यह ऊर्जा अदृश्य है। इतनी तो विज्ञान को उपलब्धि हो चुकी है। अब ऊर्जा से अणु बने और अणु से पदार्थ बने, विज्ञान यह नहीं कर सका है। तो बाबा देवमलंग ने यह किया होगा कि सोने की माला को एक अणु-समूह में बदल दिया होगा, और

फिर उस अणु-समूह को ऊर्जा बना दिया होगा। वह ऊर्जा इलाहाबाद से लखनऊ—और यहां आते ही ऊर्जा के अणु बने, और अणु से फिर पदार्थ बन गया। यानी सोने की माला वैसी की वैसी बन गई''

बैरिस्टर टंडन ने ताली बजाते हुए कहा, ''वाह डाक्टर साहब! कैसा वैज्ञानिक विश्लेषण कर दिया तुमने!''

मैं तेजी के साथ सोच रहा था। हिन्दुस्तान में अणु बम बनाने की बात चल रही है। लेकिन अरबों-खरबों का खर्च है इसमें। फिर विदेशी मशीनें, विदेशी मुद्रा, विदेशी विशेषज्ञ। और बाबा देवमलंग यहां मौजूद हैं। पल में लखनऊ, पल में रामेश्वरम्। तो अगर बाबा देवमलंग को किसी फैक्टरी में बैठाकर धड़ाधड़ एटम बमों के निर्माण का काम आरम्भ हो जाए तो क्या कहना। मैंने मिस्टर टंडन से कहा, ''दोस्त टंडन! बाबा देवमलंग का पता लगाओ। आदमी बड़े काम के साबित होंगे हमारे लिए। यह अमेरिका, रूस चीन वाले—एक हाथ में साफ!''

आश्चर्य से मिस्टर टंडन ने मेरी ओर देखा, तब लोकनाथ मिश्र बोल उठे ''वाह मिस्टर ज्ञानगुप्त गौतम! बात बड़े पते की कही है तुमने। क्यों डॉक्टर महेश्वरनाथ, यहीं लखनऊ में भैंसाकुण्ड से कुछ आगे बढ़कर भारतवर्ष की सबसे बड़ी एटम बम की फैक्टरी बन जाए। न कोई मशीनरी, न वैज्ञानिक, न मजदूर, न लोहा-लंगड़, न यूरेनियम। अपने बाबा देवमलंग बैठे हैं उसमें और दे धड़ाधड़—दे धड़ाधड़ एटम बम तैयार हो रहे हैं।''

डॉक्टर महेश्वरनाथ ने गम्भीरतापूर्वक सिर हिलाते हुए कहा, ''यह सब आध्यात्मिक और पराभौतिक बातें हैं, मिश्रजी! इतनी आसानी से यह सब नहीं हो सकेगा। सबसे पहली बात तो बाबा देवमलंग की है, कब वह सेठ घसीटेमल या मिस्टर टण्डन के हाथ लगेंगे—यह नहीं कहा जा सकता। वह स्वयं एक जगह से गायब होकर हज़ारों, लाखों या करोड़ों मील की दूरी पर प्रकट हो सकते हैं। वह इस समय चन्द्रमा या मंगल में हों, कोई कुछ नहीं कह सकता। लेकिन अगर उनके फेर में पड़कर मिस्टर टण्डन या आप लोग कहीं गायब हो गए, तो आप लोग फिर प्रकट हो सकेंगे, इस पर मुझे शक है। तो मेरी सलाह तो यह है कि आप इस चक्कर में न पड़ें, इन पहुंचे हुए सिद्धों के चक्कर में पड़े हुए एक आदमी का मैं दुखद अन्त देख चुका हूँ।''

बाहर अब तेज़ी से वर्षा होने लगी थी। रह-रहकर बिजली चमक रही थी।

वातावरण कुछ अजीब डरावना हो गया था। मैंने कहा, ''एक-एक पैग मेरी तरफ से। हां डॉक्टर, किस आदमी का और कैसा दुखद अन्त देखा है आपने?''

रामदीन पीछे खड़ा था—उसने तत्काल हम लोगों के गिलास भरे और डॉक्टर महेश्वरनाथ ने कहानी आरंभ की—

''बात सन् 1950 की है। मैं मेडिकल कालेज में लैक्चरार था, लेकिन नेत्र-चिकित्सा में मेरी ख्याति काफी अधिक हो गई थी। तो एक दिन मैं अपने कमरे में बैठा आराम कर रहा था कि एक गोरा-सा और लम्बा सा आदमी मेरे कमरे में घुस आया। बड़ा सुन्दर चेहरा, लेकिन मुख पर एक अजीब उदासी। उसकी अवस्था करीब पच्चीस-छब्बीस वर्ष की रही होगी। सफेद धोती-कुरता पहने, सिर पर सफेद पगड़ी, नंगे पैर, गले में रुद्राक्ष की माला, माथे पर त्रिपुंड। इस तरह उसके मेरे कमरे में घुस आने पर मुझे कुछ क्रोध हुआ, लेकिन उस आदमी की उदास मुद्रा को देखकर मैंने अपना क्रोध दबाया। मैंने उससे कहा, 'कहिए, क्या काम है आपको?'

'आपको अपनी आंखें दिखानी हैं, डॉक्टर साहब! यह जग-विख्यात है कि आप कुशल और धर्मनिष्ठ डॉक्टर हैं। आप मेरी आंख के चश्मे का नंबर दे दें।'

''मैं उसको क्लीनिक में ले गया और मैंने उसकी आंखों की अच्छी तरह परीक्षा करके उसके चश्मे का नम्बर दे दिया। इस परीक्षा के दौरान मुझे ऐसा लगा, उस आदमी का रक्तचाप बहुत बढ़ा हुआ है, उसके शरीर के अन्य भागों में भी कुछ विकार हो सकता है। आंख की कमज़ोरी उन्हीं विकारों के कारण हो सकती हैं। मैंने उससे कहा, 'अपनी पूरी तरह से परीक्षा करा लो, मैं अपने मित्र डॉक्टर धर्मेन्द्रनाथ गौड़ को फोन किए देता हूँ। कल करीब दो-तीन बजे तुम मुझसे आकर चश्मे का नम्बर ले लेना।'

''मैंने उसे डॉक्टर गौड़ के पास भेज दिया। उन्होंने उसकी अच्छी तरह परीक्षा की, इसके बाद उन्होंने मुझे फोन पर बतलाया, 'रक्तचाप बढ़ा हुआ है, लेकिन किसी तरह की और बीमारी दिखाई नहीं देती। असाधारण प्रक्रिया है इसके शरीर की, मेरी समझ में नहीं आता। एक हफ्ते बाद फिर देखना होगा इसे।'

''दूसरे दिन वह आदमी फिर मेरे यहां आया। न जाने क्यों, उस आदमी से मैं इस कदर प्रभावित हुआ था कि मैंने उसका चश्मा मय फ्रेम के उसी दिन अपने पैसों से बनवा दिया था। उसके आते ही मैंने उसका चश्मा देते हुए कहा, 'यह रहा आपका चश्मा, मेरी तरफ से आपको भेंट! एक हफ्ते बाद आप डॉक्टर गौड़ से मिल लीजिएगा!'

''एक ठण्डी सांस लेकर उसने उत्तर दिया, 'बहुत-बहुत धन्यवाद! आप वास्तव में धर्मात्मा हैं—भगवान आपका भला करे। डॉक्टर गौड़ से मुझे नहीं मिलना,

आज से ग्यारह मास बाद मेरी मृत्यु हो जाएगी—उसे कोई नहीं रोक सकता। आंखों से कुछ कम दिखाई देने लगा है तो मैं चश्मा लेने आपके यहां चला आया था।''

''मेरी उत्सुकता जाग उठी, मैंने कहा, 'यह कैसे कहते हैं, आपको कोई बीमारी नहीं है!''

''उसने बड़े उदास भाव से सिर हिलाया, 'मैं जानता हूँ कि मेरी मृत्यु निश्चित है। आपने मेरे साथ जो उपकार किया उसके लिए आपको आशीर्वाद । एक महीने बाद आप विदेश-यात्रा करेंगे, वहां से लौटकर पदोन्नति होगी।'

''मैंने उससे कहा, 'महाराज, आप अपने रहस्य को अपने अन्दर ही रखते हुए नहीं जा सकते, क्या बात है? आप मुझे बताएं, मैं कुपात्र नहीं साबित हूँगा।'

''मेरे आग्रह को वह टाल नहीं सका। उसने कहा, 'डॉक्टर साहब, आपकी इतनी ममता पाकर मैं धन्य हो गया हूँ अच्छी बात है, सुनिए—मेरा नाम है शिवकुमार अग्निहोत्री, मेरे पिता राजकुमार बाराबंकी में कर्मकांडी पुरोहित हैं। मुझे भी वह पुरोहित बनाना चाहते थे और इसीलिए मुझे अंग्रेज़ी से दूर रखकर संस्कृत पढ़ाई। लेकिन युग बदल रहा था। मुझे ज़िन्दगी के शौक...घर से पैसे चुराकर मैं सिनेमा देखता था, शराब पीता था। तो एक दिन मेरे पिता ने मुझे बहुत पीटा। दूसरे दिन मैं अपनी माता के गहने चुराकर बंबई भागा। मैंने सोचा कि फिल्म में मैं हीरो बनूंगा, ठाठ की ज़िन्दगी रहेगी। खैर, हीरो तो मैं क्या बनता, जैवंती नाम की एक अभिनेत्री से मुझे प्रेम हो गया। जितनी पूंजी लाया सब उसे अर्पित कर दी। करीब सात-आठ महीने राग-रंग में बीते और फिर जमा-पूंजी खत्म हो गई। फिर भला वेश्या भी कहीं प्यार करती हैं? इधर मेरा रुपया खत्म हुआ और उधर उसने मुझे जूते मारकर अपने घर से निकाल दिया। तो मैं कर्मकांडी कुल का कान्यकुब्ज ब्राह्मण एक वेश्या के जूते खाकर क्षोभ और ग्लानि से भर गया। हृदय ताप से जल रहा था—मैं चोर, अधम, मुझे जीवन का अन्त कर लेना चाहिए। उस दिन रात के समय मैं मालाबार हिल के पीछे जो श्मशान है, वहां सन्नाटे में प्राण त्यागने गया। बारह बजे रात का घुप अंधेरा! समुद्र में लहरें भयानक गर्जन के साथ मुझे बुला रही थीं और मैं समुद्र में घुस पड़ा। तब तक किसी ने मुझे समुद्र से खींचते हुए कहा, 'क्यों बे, यहां आत्महत्या कर रहा है? ब्रह्मराक्षस बनकर मेरी तपस्या में विघ्न डालेगा! कायर कहीं का! भाग यहां से!...'

'मेरे सामने एक विशालकाय योगी खड़ा था—घुटने तक पहुंचती हुई दाढ़ी और पीछे एड़ी तक उसकी जटाएं, निर्वस्त्र, मुख बालों से ढंका हुआ, केवल अंगारों

की तरह जलती हुई दो आंखें दिखाई दे रहीं थीं। मैं उनके हाथ से छूटकर समुद्र की लहरों में बहने का प्रयत्न कर रहा था और वह मुझे समुद्र के तट की ओर ढकेल रहे थे। मैंने उनके चरणों पर गिरकर कहा—'अब मैं जीवित नहीं रहूँगा, मुझे मरने दीजिए, योगिराज!'

'और उन्होंने उत्तर दिया, 'तुझे मैं जाने देता अगर आत्महत्या करने के बाद उच्चकुलीन कान्यकुब्ज ब्रह्मराक्षस बनने का प्रश्न न होता। तू बड़े जबरदस्त किस्म का ब्रह्मराक्षस बनेगा। वहां दूर, समुद्र से निकली हुई उस शिला पर नित्य-प्रति सारी रात मैं तपस्या करता आ रहा हूँ डेढ़ सौ वर्ष से। अब तू ब्रह्मराक्षस बनकर वहां उत्पात मचायेगा। मैं तुझे किसी हालत में मरने नहीं दूंगा। योगबल द्वारा मुझे पूरा पता चल गया है तेरी विपत्ति का। मैं तुझे एक मंत्र बताता हूँ, संध्या के समय ठीक चार बजे स्नान करके इस मंत्र का पांच बार जाप करना— और उसी समय तेरी आंखों के सामने एक संख्या आ जाएगी। वह उस दिन रात में ग्यारह बजे खुलने वाला सोने का भाव होगा। तो यहां जो लोग सोने का सट्टा करते हैं, उनमें केवल एक व्यक्ति को ही बताना। इस संख्या का उपयोग तू स्वयं अपने लिए नहीं करेगा, अन्यथा एक वर्ष के अन्दर तेरी मृत्यु हो जाएगी। जो धन तुझे मिलेगा वह व्यय के लिए, संचय के लिए नहीं, संचय ब्राह्मण का गुण नहीं है।...' और योगिराज मेरे कान में मंत्र देकर समुद्र के जल पर चलते हुए लौट गए। मैं विमूढ़-सा बैठा था। थोड़ी देर बाद मैंने समुद्र की ओर देखा—गहरा अन्धकार! लेकिन दूर एक शिला का धुंधला-सा आकार मुझे दिख रहा था और कुछ ऐसा प्रतीत होता था कि योगिराज उस शिला पर मौन खड़े तपस्या कर रहे हैं।

'वहां से मैं लौट आया। दिन भर मैं अपने कमरे में बन्द सोता रहा, शाम को चार बजे मैंने स्नान करके उस मन्त्र का पांच दफे जाप किया, और मेरी आंखों के आगे एक संख्या आ गई मैंने वह संख्या एक कागज़ के पुर्जे पर लिखकर रख ली। फिर मैं सट्टा बाज़ार पहुंचा। भीड़ इकट्ठा हो रही थी। एक निहायत मरियल-सा मारवाड़ी वहां खड़ा सोच रहा था और इधर-उधर देख रहा था। मैंने समझ लिया कि यह सट्टे में हारा हुआ आदमी है। मैंने उसे अलग ले जाकर पूछा कि क्या वह रात को खुलने वाला भाव जानना चाहता है, सौ रुपये लूंगा और भाव बता दूंगा। उसने कहा कि दो लाख में उसके पास अब पांच सौ बचे हैं। मैंने कहा—सेठ, लगा दे यह पाँच सौ रुपये, आ गया तो मुझे रुपये दे देना—और मैंने संख्या बता दी।

'उसने पांच सौ रुपये लगा दिए, रात के ग्यारह बजे भाव खुला और पागल-सा दौड़कर वह मारवाड़ी मेरे गले से लिपट गया। वह जीत गया था। उसने सौ रुपये मेरे हाथ में रख दिए। तो इस तरह मैं सौ रुपए रोज पैदा करने लगा, और दिन भर खुले हाथों से खर्चा करता था। मेरी प्रेमिका ने जो यह खबर सुनी कि मैं रुपये लुटा रहा हूँ तो वह मेरे पास दौड़ी आई, बड़ी-बड़ी माफी मांगी, बड़ी रोई और गिड़गिड़ाई भी। फिर से हम दोनों का मेल हो गया।

'एक दिन मेरी प्रेमिका ने बड़े आंसू बहाते हुए मुझसे कहा कि फिल्म में वह हीरोइन तभी बन सकती है जब उसके प्रेमी की खुद की कम्पनी हो। मैं उसकी कथा से द्रवित हो गया, मैंने कहा कौन सी बड़ी बात है, एक महीने के अन्दर फिल्म कम्पनी खोल देता हूँ।'—मैं योगिराज की चेतावनी भूल ही गया था कि अपने लिए उस संख्या का उपयोग न किया जाए। जब दुर्दिन आता है तब मति भ्रष्ट हो जाती है। और मैं उस संख्या पर खुद दांव लगाने लगा।

'एक महीने में ही मेरे पास पांच लाख रुपए हो गए—शानदार फ्लैट, शानदार कार। तो एक रात मैं अपनी प्रेमिका के साथ जुहू समुद्र तट पर घूमने गया। मेरी प्रेमिका स्नान करके कुछ हटकर कपड़े बदल रही थी और मैं अकेला बैठा था। तभी देखता हूँ कि एकाएक वही पुराने योगिराज समुद्र से निकलकर सामने खड़े हो गए। कड़ककर मुझसे बोले—'क्यों बे शिवकुमार अग्निहोत्री, तूने अपने वचन का पालन नहीं किया, इस पापिनी के फेर में पड़कर तूने अपने ब्राह्मणत्व पर कलंक लगाया। एक साल बाद आज के दिन ही तुझे यमलोक की यात्रा करके नरक भोगना पड़ेगा। अब तू ब्रह्मराक्षस भी नहीं बन सकेगा!'—मेरी तो घिग्घी बंध गई। जब तक मैं संभलूं तब तक योगिराज गायब हो चुके थे। उसी समय एक भयानक ग्लानि भर आई मेरे अन्दर! वहां से लौटकर मैंने वह जमा-जथा जैवंती के हाथों में सौंप दी—और दूसरे दिन खाली हाथों, बिना किसी को कुछ बताए हुए मैं बम्बई छोड़कर चल दिया, अपने पापों का प्रक्षालन करने के लिए। सोचा अपनी जन्मभूमि में चलकर अपने प्राण दूंगा। लेकिन यहां लखनऊ आकर मैं रुक गया। पिता के यहां जाने की हिम्मत न पड़ी। एक महीना हुआ यहां मुझे लखनऊ आए हुए। मेरे पिता को मेरा पता चल गया है, वह मुझे साथ ले चलने की ज़िद पकड़े हैं। जीवन के अब ग्यारह मास शेष हैं। इधर मेरी आंख खराब हो गई तो मैं आपसे अपना चश्मा लेने चला आया।'

'मैंने शिवकुमार को खूब गौर से देखा। बड़ी विचित्र कहानी सुनाई है उसने, उसमें कितना झूठ है, मैं यही अन्दाज़ा लगाना चाहता था। लेकिन उसकी शांत

मुद्रा, निस्पृह भाव! डॉक्टर होने के नाते मुझे मालूम था कि यह आदमी किसी भी वक्त मर सकता है, इसलिए झूठ नहीं बोलेगा; फिर भी विश्वास नहीं होता था। मैंने पूछा, 'क्या आज रात खुलनेवाले सोने का भाव बतला सकते हो?'

"बड़े भोलेपन के साथ उसने उत्तर दिया, 'इधर एक महीने से तो किसी को बताया नहीं, उस मन्त्र का जाप भी नहीं किया। संभव है अब भी बता दूं, लेकिन आप इस सबके चक्कर में मत पड़िये। यह सब पिशाच विद्या, और पिशाचवृत्ति है, मैं अनजाने ही इसमें फंस गया हूँ; आप धर्मात्मा आदमी हैं, आप इससे दूर ही रहिए।'

"मेरे मन में ख्याल आया कि शिवकुमार टाल रहा है, यह सब कहानी मनगढ़न्त है। तभी शिवकुमार बोल उठा, 'डॉक्टर साहब आपके मन में मेरे प्रति अविश्वास पैदा हो गया है। तो अभी दोपहर के तीन बजे हैं, एक घण्टा बाद मैं यहीं स्नान करके मन्त्र का जाप करूंगा और रात में खुलने वाले सोने का भाव बता दूंगा।'

"इधर शिवकुमार स्नान करके पूजा करने गया, उधर मैंने सेठ झुनझुनवाला को फोन मिलाकर उस दिन वाले सोने का भाव पूछा। फिर उनसे कहा, रात ग्यारह बजे जो सोने का रेट आए वह मुझे बतला दें। और शिवकुमार अग्निहोत्री ने जो रात को खुलनेवाला रेट था वह सही-सही बतला दिया।"

डॉक्टर महेश्वरनाथ के गिलास की व्हिस्की खत्म हो गई थी और वह घर लौटने की मुद्रा में थे; मैंने उनसे पूछा, "डॉक्टर साहब, फिर शिवकुमार का क्या हुआ?"

"अरे, होना क्या था! उसी बताई हुई तिथि पर वह मर गया। जैसा उसने कहा था, एक महीने बाद मुझे फिलाडेल्फिया में आंख के विशेषज्ञों की कान्फ्रेंस में जाना पड़ गया। जाना तो प्रोफेसर अडवानी को था अपना पेपर पढ़ने के लिए लेकिन वह पढ़ गए बीमार। उन्होंने अपना पेपर पढ़ने के लिए मुझे भेज दिया। शिवकुमार अग्निहोत्री का आशीर्वाद या भविष्यवाणी, जो कुछ भी आप उसे समझें, ठीक निकली। मेरे अमेरिका जाने के एक दिन पहले वह मेरे घर पर आए थे। मेरे यहां उन्होंने भोजन भी किया। मुझे भेजने के लिए वह स्टेशन भी गए। ट्रेन में उन्होंने मुझसे कहा, 'डॉक्टर साहब, जा तो रहे हैं आप तीन हफ्ते के लिए, लेकिन आप दस महीने बाद ही लौटेंगे। अमेरिका वाले आपको रोक लेंगे कुछ महत्त्वपूर्ण अनुसंधान के सिलसिले में...और जब आप वहां से लौटेंगे, यहां आते ही आपको ऊंचा पद मिलेगा। लेकिन उस समय मैं दुनिया में नहीं रहूँगा। तो

इसलिए मैं आपसे अन्तिम विदा लेने और आपको आशीर्वाद देने बाराबंकी से चला आया हूँ।'

"और उसकी आंखों में आंसू आ गए थे। हुआ भी वैसा ही। दस महीने अमेरिका में रहकर मैं वापस लौटा, तब मैं यहां रीडर बन गया। और रामकुमार अग्निहोत्री ने आकर मुझे सूचना दी कि शिवकुमार अग्निहोत्री मर चुके हैं।"

डॉक्टर महेश्वरनाथ उठ खड़े हुए। उन्होंने लोकनाथ मिश्र से कहा, "अपनी आंखों की खैरियत चाहते हैं तो कल सुबह मेरे घर आ जाइए—इतवार है, आपकी आंखें एग्जामिन कर दूंगा अच्छी तरह से। इन पीरों और महात्माओं के चक्कर में न पड़िएगा, न जाने क्या से क्या हो जाए।" और वह चलते बने।

उनके जाते ही हम तीनों भी उठ खड़े हुए। लोकनाथ मिश्र से कहा, "दुनिया भी बड़ी अजीबोगरीब जगह है, बड़े विचित्र अनुभव होते रहते हैं लोगों को।"

और मिस्टर टण्डन ने कहा, "इसमें क्या शक है, इन्ही अनुभवों में तफरीह भी है।" और वह हँस पड़े।

वे दोनों बाहर निकल गए—मैं इत्मीनान के साथ दरवाज़े की ओर बढ़ा। तभी कहीं से आती हुई बेयरा रामदीन की आवाज़ सुनाई पड़ी—"ई पढ़े-लिखे मनई गदहा होत हैं, ई हमें नाहीं मालूम रहा।"

और उसके बाद मुझे चौकीदार की आवाज़ सुनाई पड़ी—"अरे, ई गदहा न आयं—हराम केर पैसा, हराम केर शौक, हराम केर लनतरानी। गदहा तो आप हम छुटकवा मनई।"

मुझे क्रोध तो बहुत आया, लेकिन मैं चुपचाप अपनी कार में बैठ गया।

प्रेजेण्ट्स

हम लोगों का ध्यान अपनी सोने की अंगूठी की ओर, जिस पर मीने के काम में 'श्याम' लिखा था, आकर्षित करते हुए देवेन्द्र ने कहा, ''मेरे मित्र श्यामनाथ ने यह अंगूठी मुझे प्रेजेण्ट की। जिस समय उसने यह अंगूठी प्रेजेण्ट की थी उसने कहा था कि मैं इसे सदा पहने रहूँ, जिससे कि वह सदा मेरे ध्यान में रहे।''

परमेश्वरी ने कुछ देर तक उस अंगूठी की ओर देखा, इसके बाद वह मुस्कराया, ''प्रेजेण्ट्स की बात उठी है तो मैं आप लोगों को एक विचित्र, मज़ेदार और सच्ची कहानी सुना सकता हूँ। यकीन करना या न करना आप लोगों का काम है, मुझे कोई मतलब नहीं है। मैं तो केवल यह जानता हूँ कि यह बात सच है क्योंकि इस कहानी में मेरा भी हाथ है। अगर आप लोगों को जल्दी न हो तो सुनाऊ।''

चाय तैयार हो रही थी, हम सब लोगों ने एक स्वर में कहा, ''जल्दी कैसी? सुनाओ।''

परमेश्वरी ने आरम्भ किया :

दो साल पहले की बात है, अपनी कम्पनी का ब्रांच मैनेजर होकर मैं दिल्ली गया था। मेरे बंगले के बगल में एक कॉटेज थी, जिसमें एक महिला रहती थी : उनका नाम श्रीमती शशिबाला देवी था। ग्रेजुएट थी और किसी गर्ल्स स्कूल में प्रधानाध्यापिका थीं। सन्ध्या के समय जब मैं टहलने के लिए जाया करता तो श्रीमति शशिबाला देवी प्रायः टहलती हुई दिखाई देती थीं। हम लोग एक-दूसरे को देखते थे, पर परिचय न होने के कारण बातचीत न हो पाती थी।

एक दिन मैं टहलने के लिए नज़दीक के पार्क में गया। वहां जाकर देखा कि श्रीमति शशिबाला देवी एक फव्वारे के पास खड़ी हैं। उन्होंने भी मुझे देखा और वैसे ही वे वहां से चल दी। श्रीमती शशिबाला देवी मंथर गति से टहलती हुई आगे-आगे चल रही थीं और मैं उनके पीछे-पीछे करीब दस गज के फासले

पर। वे बीच-बीच में मुड़कर देख लिया करती थीं। एकाएक उनका रूमाल गिर पड़ा, या यों कहिए कि एकाएक उन्होंने अपना रूमाल गिरा दिया तो अनुचित न होगा, क्योंकि मैंने उन्हें रूमाल गिराते स्पष्ट देखा था। रूमाल गिराकर वे आगे बढ़ गईं।

जनाब! मेरा कर्तव्य था कि मैं रूमाल उठाकर उन्हें वापस दूं। और मैंने किया भी ऐसा ही। मुस्कराते हुए उन्होंने कहा, ''इस कृपा के लिए मैं आपको धन्यवाद देती हूँ।''

मैंने भी मुस्कराते हुए कहा, ''धन्यवाद की क्या आवश्यकता? यह तो मेरा कर्तव्य था।''

शशिबाला देवी ने मेरी ओर तीव्र दृष्टि से देखा, ''क्या आप यहीं कहीं रहते हैं? देखा तो मैंने आपको कई बार है।''

''जी हां, आपके बराबर वाले बंगले में ठहरा हुआ हूं। अभी हाल में ही आया हूँ।''

''अच्छा! तो आप मेरे ही पड़ोसी हैं, और यों कहना चाहिए कि निकटतम पड़ोसी हैं।'' कुछ चुप रहकर उन्होंने कहा, ''यह तो बड़े मज़े की बात है, इतना निकट रहते हुए भी हम लोगों में अभी तक परिचय नहीं हुआ!''

मैंने ज़रा लज्जित होते हुए कहा, ''एक-आध बार इरादा हुआ कि अपने पड़ोसियों से परिचय प्राप्त कर लूं, और परिचय प्राप्त भी किए पर आप स्त्री हैं, इसलिए आपके यहां आने का साहस न हुआ।''

शशिबाला देवी खिलखिलाकर हँस पड़ी, ''अच्छा ,तो आप स्त्रियों से इतना अधिक डरते हैं। लेकिन स्त्रियों से डरने का कारण तो मेरी समझ में नहीं आता। अब अगर आप अपने भय के भूत को भगा सकें तो कभी मेरे यहां आइए। आपसे सच कहती हूँ कि स्त्री बड़ी निर्बल होती है और साथ ही बड़ी कोमल। उससे डरना तो बड़ी भारी भूल है।''

शशिबाला की मीठी हँसी और उनकी वाक्पटुता पर मैं मुग्ध हो गया। वह सुन्दरी तो नहीं थीं, पर कुरूपा भी नहीं कही जा सकती थीं। उनकी अवस्था लगभग तीस वर्ष की रही होगी। गठा हुआ दोहरा बदन, बड़ी-बड़ी आँखें और गोल चेहरा। मुख कुछ चौड़ा था, माथा नीचा और बाल घने तथा काला काले और लापरवाही के साथ बांधे गए थे, क्योंकि दो चार अलकें मुख पर झूल रही थीं, जिन्हें बराबर संभाल देती थीं। रंग गेहुआ, कद मझोला। छपी हुई मलमल की धोती पहने हुए थीं, पैरों में गोटे के काम की चटि्टयां थीं।

मैंने शशिबाला की ओर प्रथम बार पूरी दृष्टि से देखा। शशिबाला को मेरी दृष्टि का पता था। वह ज़रा सिमट-सी गयी, फिर भी मुस्कराते हुए उन्होंने कहा, ''आप कुछ विचित्र मनुष्य दिखाई देते हैं। फिर अब कब आइएगा?''

''कल शाम को घर पर ही रहेंगी?''

''अगर आप आइएगा, नहीं तो अपने नियम के अनुसार घूमने चली जाऊंगी।''

''तो कल शाम को पांच बजे मैं आऊंगा।''

शशिबाला की और मेरी दोस्ती आशा से अधिक बढ़ गई। मैं विवाहित हूँ, यह तो आप लोग जानते ही हैं, और साथ ही मेरी पत्नी सुन्दरी भी है। इसलिए यह भी कह सकता हूँ कि मेरी दोस्ती आवश्यकता से अधिक बढ़ गई। शशिबाला में एक विचित्र प्रकार का आकर्षण था, जो गृहिणी में नहीं मिल सकता। शशिबाला की शिक्षा और उनकी संस्कृति! मैं नित्य ही उनके यहां आने लगा। कभी कभी रात-भर मैं घर नहीं लौटा।

एक दिन जब सुबह मेरी आँख खुली तो सिर में कुछ हल्का-हल्का दर्द हो रहा था। मैं उठकर पलंग पर बैठ गया। वह कमरा शशिबाला का था। पर शशिबाला उस समय कमरे में न थी, वह बाथरूम में स्नान कर रही थीं। घड़ी देखी, आठ बज रहे थे। अंगड़ाई लेकर उठा, खिड़की खोली। सूर्य का प्रकाश कमरे में आया। रात को ज़रा अधिक देर तक जगा था—सिर में शायद उसी से दर्द हो रहा था। ड्रेसिंग-टेबल में लगे हुए आईने में मैंने अपना मुख देखा, सिर्फ आंखें लाल थीं और चेहरा कुछ उतरा हुआ। एकाएक मेरी दृष्टि ड्रेसिंग टेबिल के कोने में चिपके हुए कागज़ के टुकड़े पर पड़ गई। उसमें कुछ लिखा हुआ था। उसे पढ़ा, अंग्रेज़ी में लिखा था : 'प्रकाशचन्द्र'। यह प्रकाशचन्द्र कौन है? मैं इसी पर कुछ सोच रहा था कि मैंने शशिबाला देवी का वैनिटी-बॉक्स देखा। वैसे तो वैनिटी-बॉक्स कई बार ऊपर से देखा है, उस दिन उसे अन्दर से देखने की इच्छा हुई। पाउडर, क्रीम, लिपस्टिक, आई ब्रो-पेंसिल आदि कई चीज़ें सजी हुई रक्खी थीं। सबको उलटा-पुलटा। एकाएक वैनिटी-बाक्स की तह में कागज़ चिपका हुआ दिखलाई दिया, जिसमें लिखा था—'सत्यनारायण'। वैनिटी-बॉक्स बन्द किया, लेकिन प्रकाशचन्द्र और सत्यनारायण—इन दोनों ने मुझे एक अजीब चक्कर में डाल दिया था। एकाएक मेरी दृष्टि कोने में रक्खे हुए ग्रामोफोन पर पड़ी। सोचा, एक-आध रिकार्ड बजाऊं तो समय कटे। ग्रामोफोन खोला और खोलने के साथ ही चौंककर पीछे हटा। अन्दर, ऊपरवाले ढक्कन के कोने में एक कागज़ चिपका हुआ था जिस पर लिखा हुआ था : 'ख्यालीराम।' वहां से हटा, हारमोनियम बजाने की इच्छा हुई। धौंकनी

में एक कागज़ था, जिस पर लिखा था; 'भूरासिंह' । चुपके से लौटा, कपड़े पहने; लेकिन जूता पलंग के नीचे चला गया था । उसे उठाने के लिए नीचे झुका—उफ! पाये में पीछे की ओर एक कागज़ चिपका हुआ था : 'मुहम्मद सिद्दीकी ।'

अब तो मैंने कमरे की चीज़ों को गौर से देखना आरम्भ किया । सबमें एक-एक कागज़ चिपका हुआ और उस कागज़ पर एक-एक नाम—जैसे—'विलियम डर्बी', 'पेस्टनजी', 'सोराबजी वागलीवाला', 'रामेन्द्रनाथ चक्रवर्ती', 'श्रीकृष्ण रामकृष्ण मेहता', 'रामनाथ टंडन,' 'रामेश्वरसिंह' आदि-आदि ।

उस निरीक्षण से थककर मैं बैठा ही था कि शशिबाला देवी बाथरूम से निकलीं । मुस्कराते हुए उन्होंने कहा, "परमेश्वरी बाबू! आज बड़ी देर से सोकर उठे!"

मैंने सिर झुकाए उत्तर दिया, "सोकर उठे हुए तो बड़ी देर हो गई । इस बीच में मैंने एक अनुचित काम कर डाला, मुझे क्षमा करोगी?" मेरे पास आकर और मेरा हाथ पकड़ते हुए उन्होंने कहा, "मैं तुम्हारी हूँ, मुझसे क्या क्षमा मांगते हो?"

"फिर भी मांगना मैं आवश्यक समझता हूँ । एक बात पूछूं, सच-सच बतलाओगी?"

"तुमसे झूठ बोलने की मैंने कल्पना तक नहीं की है ।"

"नहीं, वचन दो कि सच-सच बतलाओगी ।"

मेरे गले में हाथ डालते हुए शशिबाला ने कहा, "मैं वचन देती हूँ ।"

"मैंने कहा, मैंने तुम्हारे कमरे को प्रथम बार, आज पूरी तरह से देखा है, और वह भी तुम्हारी अनुपस्थिति में । मैं जानता हूँ कि मुझे ऐसा नहीं करना चाहिए था, पर उत्सुकता ने मुझ पर विजय पाई । उसने मुझे नीचे गिराया । हां, मैंने तुम्हारे कमरे की सब चीज़ों को देखा, बड़े ध्यान से । पर एक विचित्र बात है—हर चीज़ पर एक कागज़ चिपका हुआ है जिस पर एक पुरुष का नाम लिखा है । अलग-अलग चीज़ों पर अलग-अलग पुरुषों के नाम लिखे हैं । इस रहस्य को लाख प्रयत्न करने पर भी मैं नहीं समझ सका । अब मैं तुमसे ही इस रहस्य को समझना चाहता हूँ ।"

शशिबाला देवी मुस्करा रही थीं, उन्होंने धीरे से कोमल स्वर में कहा, "परमेश्वरी बाबू, यह रहस्य जैसा है वैसा ही रहने दो—इस रहस्य को तुम मुझसे न समझो । तुम इस रहस्य को समझकर दुखी हो जाओगे और बहुत सम्भव है, इसे जानकर तुम नाराज़ भी हो जाओ ।"

''नहीं, मैं न दुखी होऊंगा और न नाराज ही होऊंगा।''

''अच्छा, तुम मुझे वचन दो।''

''मैं, वचन देता हूँ।''

शशिबाला कुर्सी पर बैठ गई—''परमेश्वरी बाबू! इस रहस्य में मेरी कमज़ोरी है और साथ ही मेरा हृदय है। ये सब चीज़ें मुझे अपने प्रेमियों से प्रेजेण्ट में मिली हैं। याद रखिएगा कि मैंने प्रत्येक प्रेमी से केवल एक वस्तु ही ली है। अब मेरे पास इतनी अधिक चीज़ें हो गई हैं कि हर एक प्रेमी का नाम याद रखना असम्भव हैं। चीज़ें नित्य के व्यवहार की हैं, इसलिए प्रत्येक प्रेमी की वस्तु पर मैंने उसका नाम लिख दिया है। इससे यह होता है कि जब कभी मैं उस वस्तु का व्यवहार करती हूँ, उस समय प्रेमी की स्मृति मेरे हृदय में जाग उठती है। क्या कहूँ परमेश्वरी बाबू! मेरा हृदय इतना निर्बल है कि मैं अपने प्रेमियों को नहीं भूलना चाहती, नहीं भूलना चाहती।''

''तुम्हारे पास कुल कितनी चीज़ें हैं?'' मैंने पूछा।

''सत्तानवे।''

''इतनी अधिक!'' आश्चर्य से मैं कह नहीं उठा बल्कि चिल्ला उठा।

''हां, इतनी अधिक!'' शशिबाला देवी का स्वर गम्भीर हो गया—''परमेश्वरी बाबू, इतनी अधिक! मेरा विवाह नहीं हुआ, आप जानते हैं, पर आप यह न समझिएगा कि मेरी विवाह करने की कभी इच्छा ही न थी। मैं सच कहती हूँ कि एक समय मेरी विवाह करने की प्रबल इच्छा थी। प्रत्येक व्यक्ति जो मेरे जीवन में आया, भविष्य के सुख-स्वप्न पैदा करता हुआ आया, प्रत्येक व्यक्ति को मैंने भावी पति के रूप में देखा। पर क्या हुआ? वह व्यक्ति मुझे प्रेजेण्ट दे सकता था, पर अपनी न बना सकता था। धीरे-धीरे मैं इसकी अभ्यस्त हो गई। यह रहस्यमय जीवन धीरे-धीरे मेरे वास्ते एक खेल हो गया। सोचती हूँ कि उन दिनों मैं कितनी भोली थी जब विवाह के लिए लालायित रहती थी, जब पत्रों में मैंने विवाह के लिए विज्ञापन तक निकलवाए। पर हर एक आदमी गलती करता है, मैंने भी गलती की। अब बन्धन की कोई आवश्यकता नहीं है। जीवन एक खेल है, जिसका सबसे सुन्दर खेल हृदय का नहीं, भोग-विलास का खेल है और खुलकर खेलना ही हमारा कर्तव्य है। परमेश्वरी बाबू, यह मेरी स्मृति की कहानी है और मेरी स्मृति के रूप को तो आपने देखा ही है।''

''साधारण मनुष्यों के लिए यह ठीक हो सकता है।'' कुछ हिचकिचाते हुए मैंने कहा।

''साधारण मनुष्यों के लिए ही क्यों? आपका नम्बर अट्ठानवेवां होगा।''
खिलखिलाकर हँसते हुए शशिबाला ने उत्तर दिया।

उस समय मैं न जाने क्यों दार्शनिक बन गया। जनाब! मेरे जीवन में वैसे
तो दर्शन में और मुझमें उतना ही फासला है जितना ज़मीन और आसमान में,
पर शशिबाला की कहानी सुनकर मैं वास्तव में दार्शनिक बन गया। मैंने कहा—''हां,
जीवन एक खेल है और तब तक जब तक हम खेल सकते हैं। अशक्त होने
पर यही जीवन हमारे सामने एक भयानक और कुरूप समस्या बनकर खड़ा हो
जाता है। तुम वर्तमान की सोच रही हो, मैं भविष्य की सोच रहा हूँ, दस वर्ष
बाद की सोच रहा हूँ। उस समय तुम्हारे मुख पर झुर्रियां पड़ जाएंगी, लोग तुम्हारे
साथ खेलने की कल्पना न कर सकेंगे। और फिर—फिर ये स्मृतियां तुम्हें सुखी
बनाने के स्थान में काटने को दौड़ेंगी। तुम्हारे आगे-पीछे कोई है नहीं, अपने
बनाव-सिंगार के कारण, तुम कुछ बचा भी न सकती होगी। तब इस खेल के
खत्म हो जाने के बाद बुढ़ापा, दुर्बलता, भूख, बीमारी और—और गत जीवन पर
पश्चाताप बाकी रह जाएगा। इसलिए मैं तुम्हें वह चीज़ प्रेजेण्ट करूंगा जो उन
दिनों तुम्हारे काम आवें। तुम्हारा संग्रह बहुमूल्य है, मैं वचन देता हूँ कि मैं दस
वर्ष बाद तुम्हारे संग्रह को पांच हज़ार रुपए में खरीद लूंगा। इस प्रकार ये अभिशापित
स्मृति-चिह्न उस समय तुम्हारे सामने से हट जाएंगे जब तुम राम का भजन करोगी
और भगवान के सामने जाने की तैयारी करोगी। साथ ही पांच हज़ार रुपये से
तुम बुढ़ापे के कष्टों को भी कम कर सकोगी।''

मैंने परमेश्वरी से कहा, ''और उसने तुम्हें नौकर द्वारा अपने कमरे से निकलवा
नहीं दिया?''

परमेश्वरी हँस पड़ा, ''नहीं'', उसने कुछ देर तक सोचा। फिर उसने कहा,
'तुमने जो कुछ कहा, उसमें मैं सब बातें ठीक नहीं मानती, पर इतना अवश्य
मानती हूँ कि मैंने अपने बुढ़ापे के लिए कोई इन्तज़ाम नहीं किया। इसलिए मैं
तुम्हारे हाथ यह सब बेच दूंगी। काण्ट्रैक्ट साइन कर दो।'—और मैंने काण्ट्रैक्ट
साइन कर दिया। अभी दो वर्ष ही तो हुए हैं। परसों ही उसका पत्र आया है,
जिसमें उसने लिखा है कि इस समय तक उसके पास एक सौ तेरह चीज़ें हो
गई हैं।''

खिलावन का नरक

ठसाठस भरे हुए थर्ड क्लास की बेंच के नीचे खिलावन लेटा हुआ था। वह सो नहीं रहा था; सोने का कोई समय भी नहीं था; वह लेटा था, केवल इसलिए कि कहीं टिकट-कलेक्टर उसे देख न ले।

आज तीन साल बाद वह घर लौट रहा था, बम्बई से। दो दिन का सफर उसने एक हफ्ते में पूरा किया था, गाड़ी पर चढ़ते और उतारे जाते। यह उसकी आखिरी मंज़िल थी, और इस समय तक उसे बिना टिकट सफर करने का पूरा तजुर्बा हो चुका था। टिकट-कलक्टर को दूर से अपने डिब्बे की ओर बढ़ते देखकर ही उसने बेंच के नीचे पनाह ली थी और वह इस तरह लेट गया था कि पन्द्रह मिनट तक गाड़ी में रहने पर भी टिकट-कलक्टर को उसकी गंध न मिली।

खिलावन संकरी बेंच के नीचे अपने बदन को समेटे हुए पड़ा था—मानो इस तरह सोने का वह आदी है। बम्बई में भी तो वह इसी तरह सोया करता था—एक छोटी-सी कोठरी थी, उसमें बारह आदमी रहते थे। रात में जब लोग सोते थे, तब उन लोगों में हर एक को सोने के लिए सिर्फ इतनी ही जगह मिलती थी, जितनी खिलावन को बेंच के नीचे मिली थी।

उस समय खिलावन सोच रहा था; आज तीन साल बाद वह देश लौट रहा है और देश में उसकी मां है, बाप है, छोटा भाई है, और...और उसकी सुखिया है! तीन साल पहले जब वह परदेस कमाने चला था, तब वह सुखिया कितनी रोई थी—एक साल तो उसका विवाह हुए ही हुआ था।

सुखिया को याद करते ही खिलावन मुस्करा पड़ा। खिलावन के आने से सुखिया कितनी सुखी होगी—किस तरह वह उसके घर में पहुंचते ही घूंघट की ओट से तिरछी नज़रों से मुस्कराते हुए देखेगी, और...और खिलावन को एक धक्का सा-लगा।

मां-बाप, बीबी—सभी समझेंगे कि खिलावन कमाकर लाया है। सभी उसकी तरफ किसी आशा से देखेंगे, फिर वह क्या कहेगा? पास में कपड़ा नहीं, लत्ता

नहीं, पैसा नहीं। दो महीने की हड़ताल में, जो कुछ उसने बचाया था, वह स्वाहा हो गया। मकान मालिक जेल भिजवा रहा था, कपड़ा-लत्ता उसी कोठरी में छोड़कर अपनी जान बचाकर वह भागा था। आखिर वह घर में क्या कहेगा।

और एक झटके के साथ गाड़ी रुकी। खिलावन का सिर बेंच के पाये से टकराया और उसने अपना सिर पकड़ लिया। उसी समय उसे दरवाज़ा खुलने की तथा बन्द होने की आवाज़ सुनाई दी।

चोर की तरह अब वह छिपने की जगह से बाहर आया। टिकट कलक्टर चला गया था। खिड़की से मुंह निकालकर वह बाहर देखने लगा। एकाएक बाहर रेल के खलासी ने आवाज़ दी, ''बहादुरपुर! बहादुरपुर!'' और उसी समय गाड़ी ने सीटी दी।

खिलावन जल्दी से गाड़ी से उतर पड़ा—बहादुरपुर स्टेशन पर ही तो उसे उतरना था न!

गाड़ी चली गई और खिलावन ने अपने चारों ओर देखा। ज़्यादा समय न हुआ था, सिर्फ साढ़े छः बजे थे; फिर भी उसके चारों ओर अंधेरा छाया हुआ था। आसमान पर गहरे बादल घिर आए थे और बिजली चमक रही थी।

वह बड़ी देर तक चुपचाप खड़ा रहा—हतबुद्धि-सा। स्टेशन सुनसान था, दो-एक मुसाफिर उतरे थे, दूर से उनके चलने की आवाज़ खिलावन को सुनाई पड़ रही थी, पर वह आवाज़ धीरे-धीरे हलकी होती जाती थी। स्टेशन के खलासी ने स्टेशनवाला लोहे का फाटक बन्द कर स्टेशन मास्टर को आवाज़ दी कि सब कुछ ठीक है।

खिलावन की चेतना धीरे-धीरे लौट आई। तार लांघकर अब वह सड़क पर आ गया था। रुककर उसने हिसाब लगाया—उसका गांव वहां से डेढ़ कोस की दूरी पर है। फिर उसने आसमान की ओर देखा, बादल भरे हुए खड़े थे, किसी भी समय वे बरस सकते थे।

खिलावन चल पड़ा अपने गांव की ओर। लेकिन जैसे उसके पांव घर की ओर उठते ही न थे। भरसक ज़ोर लगाकर वह तेज़ चलने की कोशिश कर रहा था, पर उसके मन की शिथिलता उसके शरीर में व्याप्त हो गई थी।

कितनी देर खिलावन चलता रहा, उसे इसका ज्ञान न था। वह उस समय विचारशून्य और भावनाशून्य था। पर एकाएक वह चौंक पड़ा—एक बड़ी-सी बूंद उस पर पड़ी, और फिर दूसरी बूंद पड़ी, और देखते ही देखते मूसलाधार पानी गिरने लगा!

खिलावन पेड़ के नीचे खड़ा हो गया—सामने करीब दो फर्लांग पर उसका गांव था। और पानी इस तरह बरस रहा था मानो प्रलय की वर्षा हो रही थी। देखते-ही-देखते पेड़ से भी पानी छन-छनकर गिरने लगा।

उसी समय बिजली चमकी और बिजली के प्रकाश में खिलावन ने वह टूटा हुआ पुराना मन्दिर देखा, जिसमें बचपन के काल में वह अक्सर खेला करता था। अब उसे पता लगा कि वह मन्दिर से क़रीब दस गज़ की दूरी पर ही है। तेज़ी से वह मन्दिर में घुस गया।

मन्दिर में पहुंचकर उसने सन्तोष की एक गहरी सांस ली। मन्दिर के अन्दर गहरा अन्धकार था, और बाहर हवा ज़ोरों के साथ चल रही थी, बादल गरज रहे थे और बिजली चमक रही थी।

और खिलावन को ऐसा लगा मानो मन्दिर के अन्दर वाले खण्ड में और भी कोई है। उसके कान खड़े हुए, ध्यान से उसने सुनने की कोशिश की—कोई कह रहा था, "यह बारिश भी अजब बेमौके शुरू हो गई। भगवान जाने कब तक होती रहेगी!"

और उसका उत्तर मिला, "तुम्हें क्या—मुसीबत तो हमारी है। अम्माजी पुछिहैं—कहां रहीं—तब का कहब? और अम्मांजी दद्दाजी से एक-एक की सौ-सौ जड़िं हैं!"

खिलावन के मानो काटो तो खून नहीं; यह आवाज़ तो सुखिया की थी। सुखिया उस समय इस मन्दिर में, और उसके साथ आदमी! दबे पांवों वह और भीतर खिसका।

मर्द ने कहा, "अरी, कुछ न होगा। तेरी सास बक-झककर चुप हो जायेगी। हां—उस दिन तेरे ससुर ने जो मुझे देख लिया था, तो क्या हुआ?"

"होता क्या?" आवाज़ औरत की थी, "पहले तो बहुत बिगड़े, कहिन कि हम नाक कटाय दीन्ह—घर से निकसै की धमकी दीन्ह—लेकिन जब चांदी की हंसली देखिन और हमरे अंचरा मां बंधे रूपैया जो हमें दीन्हें रहौ खोल के उनके सामने रख दिहिन, तो अम्मांजी शान्त हुई गे!" और स्त्री हँस पड़ी।

खिलावन के मुख पर पसीने की बूंदें आ रही थीं।

मर्द ने फिर कहा, "और वह, तेरा वह—उसकी कुछ खबर मिली?"

"कहां—आज छै महीना से ना एक रुपया भेजिस और न कौनों चिट्ठी-पत्री लिखिस। मालूम होत है, कौनों राड़ के फेर मां पड़िगा। नास होय ऊका। इहां घर मां सब भूखन मरत हैं, तुम्हारे पांच सौ रूपैया से आज खाना मिला है,"

और कुछ रुककर स्त्री ने कहा, ''हमारे देवर का एक-आध बीघा ज़मीन दिवाय देय! ज़िलेदार आप तो इतनी नहीं करि सकत हो!''

खिलावन चुपचाप मन्दिर के बाहर चला आया। उसी समय बिजली चमकी, और उसने देखा कि धोती चिथड़ा है; उसका कुरता फेंक देने के काबिल है।

खिलावन चल पड़ा भीगता हुआ, घर की तरफ नहीं, पीछे स्टेशन की तरफ! पानी मूसलाधार पड़ रहा था—हवा तेज़ी के साथ चल रही थी; बादल गरज रहे थे और बिजली चमक रही थी और खिलावन चला जा रहा था, तेज़ी के साथ—मानों वह भागा जा रहा हो!

और दूर पर वह कभी-कभी चमक उठने वाली बिजली के प्रकाश में स्टेशन की ज़मीन में धंसी हुई सी इमारत को देख लेता था।

स्टेशन पर आकर उसने सांस ली। भीगता हुआ वह प्लेटफार्म पर खड़ा था और स्टेशन की इमारत को देख रहा था। वह उस समय बहारदुरपुर के स्टेशन की और बम्बई के विक्टोरिया टर्मिनस स्टेशन की तुलना कर रहा था—वह उस समय अपने चारों ओर फैले हुए शून्य से भरे हुए अंधकार और बम्बई की चहल-पहल से भरे प्रकाश पर सोच रहा था; और इस प्रकार वह गाड़ी की प्रतीक्षा कर रहा था, उस गाड़ी की, जो उसे एक नरक से निकालकर दूसरे नरक में ले चले।

कायरता

‘‘अगर मैं आपसे कह दूं कि आप कायर हैं तो आप बुरा न मान जाइएगा। मान जाइएगा कि नहीं?’’ कोने में बैठे हुए बूढ़े ने कुछ रुक-रुककर कहा। ‘‘पर मैं अपने इस साठ वर्ष के अनुभव से इस नतीजे पर पहुंचा हूँ कि हम सब कायर हैं, कायर होना इतना बड़ा दुर्गुण भी नहीं जितना आप समझते हैं।’’

हम लोगों ने बूढ़े की ओर देखा। उसका कृश मुख, जिस पर झुर्रियां पड़ गई थीं, शान्त तथा गम्भीर था। वह एक खद्दर का कुर्ता और खद्दर की धोती पहने था, और उसकी गांधी टोपी मेज़ पर रखी थी। उसके सिर के बाल सन की तरह सफेद थे, दाढ़ी और मूंछ साफ थीं। उसकी आँखों में एक विशेष तरह की चमक थी और उसके स्वर में एक प्रकार की मिठास भरी दृढ़ता।

हम लोग वेटिंग रूम में बैठे हुए गपबाजी कर रहे थे। हम चार आदमी थे। विश्वम्भरदयाल सब-जज, रामचन्द्र एडवोकेट, प्रेमनाथ प्रोफेसर और मैं। रामचन्द्र ने कहा था, ‘‘अवध यदि समाज के भय से प्रेमा से विवाह नहीं करता तो कायर है।’’ और रामचन्द्र की बात समाप्त होने पर उस बुड्ढे ने, जिसके अस्तित्व तक का हम लोगों को पता न था, यह बात कही थी।

रामचन्द्र उस बुड्ढे की तरफ घूम पड़ा, ‘‘मैं आपकी बात का मतलब नहीं समझा। कायरता बहुत बड़ा नैतिक अपराध है—यह तो सर्वमान्य बात है।’’

उस बुड्ढे ने कुछ रुककर उत्तर दिया, ‘‘शायद आप ठीक कहते हैं, अधिकांश मनुष्य कायरता को बहुत बड़ा नैतिक अपराध बिना सोचे-समझे कह देंगे। पर अधिकांश मनुष्य सोचने और समझने की क्षमता कब रखते हैं? एक बात आप याद रखिएगा कि जिन लोगों का अपराधियों से पाला पड़ा है वे आपसे कह देंगे कि प्रायः सब अपराधी साहसी होते हैं। मैंने तो किसी अपराधी को कायर नहीं पाया। और मैं तो यहां तक कहने को तैयार हूँ कि साहस ही अपराध है, हमें जो चीज़, अपराधी होने से रोकती है वह हमारी कायरता ही है।’’ यह कहकर

वह बुड्ढा ज़ोर से हँस पड़ा और उसने सब लोगों की ओर ध्यान से देखा! हम लोग मौन थे। उस बूढे ने फिर कहना आरम्भ किया, ‘‘मैंने आज एक मज़ेदार बात कही है, आप यह सोचते होंगे। पर क्या करूं, दुर्भाग्यवश यह सत्य है। इस संसार में सफल वही है जो अपराधी है और अपराधी होना सफलता की सीढ़ी है—और यह भाग्य की बात है कि कुछ पकड़े जाते हैं और दण्ड पाते हैं—और कुछ मौज करते हैं।

‘‘मुझको ही लीजिए न! मैं कायरता की जीती-जागती तसवीर हूँ। यदि मुझमें थोड़ा-सा साहस हो तो मैं बहुत बड़ा आदमी हो सकता हूँ। बस, थोड़ा सा साहस—और मेरे जीवन में एक बहुत बड़ा परिवर्तन हो सकता है। यही निराशा, विवशता और असफलता का अस्तित्व जो मेरे ऊपर एक असह्य भार-सा लदा हुआ है, यदि इसे एक बार अपने ऊपर से उतारकर फेंक देने भर का साहस होता—तो! पर नहीं, मेरी कायरता मुझे अपराधी बनने से सदा रोकती रही है, और अब भी रोक रही है—मेरी सफलता में बाधा रूप में अड़ी है।

‘‘मैं देख रहा हूँ, मनुष्य मनुष्य को खा डालने के लिए तैयार है। मैं देख रहा हूँ, समर्थ अधिकारी हैं और असमर्थ अधिकार में हैं। मैं देख रहा हूँ कि सामर्थ्य एक अन्धी और पैशाचिक बर्बरता से युक्त साहस का दूसरा नाम है।’’

‘‘और मैं आपसे पहले ही कह चुहा हूँ कि मैं कायर हूँ। आज तीस वर्ष हुए जब से मैं अपनी पत्नी और बच्चों के साथ भटक रहा हूँ। तीस वर्ष पहले जब मेरे बड़े भाई ज़िन्दा थे, मैं अमीर था। मेरे भाई के कोई सन्तान न थी, उनकी सम्पत्ति का उत्तराधिकारी मैं था। पर भाई साहब की मृत्यु के बाद मेरी भावज ने मुझे घर से निकाल दिया। मैंने मुकदमा लड़ा, पर भावज ने लम्बी रकम जज को दी और वे जीत गईं। यह तय हुआ कि भावज की मृत्यु के बाद ही मुझे सम्पत्ति मिल सकती है।

‘‘जनाब, तीस वर्ष तक मैं दुःख भोगता रहा। इस आशा में कि कभी न कभी वह औरत मरेगी और मुझे उसकी सम्पत्ति मिलेगी ही। मैंने कलकत्ते में नरक देखा है, नरक। एक गन्दी कोठरी में अपनी पत्नी और बच्चों के साथ मैंने तीस वर्ष बिताए हैं। वह स्त्री अकेली करोड़ों की सम्पत्ति भोगती रही। और तीस वर्ष बाद मृत्यु ने उस स्त्री पर भी फेरा किया। आप नहीं समझ सकते कि इन तीस वर्षों को मैंने किस प्रकार व्यतीत किया, एक-एक मिनट, एक-एक घण्टा, एक-एक दिन, एक-एक सप्ताह, एक-एक महीना, एक-एक वर्ष गिनकर किस प्रकार मैंने अपने यौवन को नष्ट किया, केवल एक आशा के बल पर।

''और तीस वर्ष बाद—जब मुझे अपनी भावज की मृत्यु की सूचना मिली, मेरा हृदय ठंडा पड़ चुका था। मेरे हृदय में न उमंग थी और न स्पन्दन। एक भयानक तथा विकराल सूनापन मेरी आत्मा में प्रवेश कर चुका था। मेरे लड़कों ने जब यह सूचना सुनी तो उन्हें विश्वास ही नहीं हुआ। वे दरिद्र पिता के पुत्र वैभव की कल्पना ही न कर सकते थे। मैंने उन्हें समझाने की कोशिश की और बड़ी मुश्किल से वे समझ सके।

''मैं लौटा—अकेला, सम्पत्ति पर अधिकार करने के लिए, और लौटकर जो कुछ देखा, उससे मैं स्तब्ध रह गया, मेरी आँखों के आगे अंधेरा छा गया और मेरे पैरों के नीचे से पृथ्वी खिसक गई।

''मैंने देखा, एक चौबीस-पच्चीस वर्ष का नवयुवक मेरी सम्पत्ति पर अधिकार जमाए बैठा है और अपने को मेरा भतीजा बतलाता है। उसका कहना था कि मेरे भाई ने उसे गोद लिया था। इतना बड़ा झूठा, पर मैं कर ही क्या सकता था? सम्पत्ति पर उस लड़के का अधिकार था।

''पड़ोसियों ने मुझे सब बातें बतलाईं। वह लड़का भावज का भतीजा था। वह बुढ़िया उसको वहां छोड़ गई थी, मुझे पूर्ण रूप से मिटाने के लिए। साथ ही पड़ोसियों ने मुझे सलाह दी कि मैं उस सम्पत्ति का दावा करूं। सम्पत्ति मेरी है, इसकी वे गवाही देने को तैयार थे। एक बार मैं मुकद्दमा लड़ भी चुका, सम्पत्ति पर अधिकार पाना निश्चित था।

''और जनाब, एक बार फिर मुकद्दमेबाज़ी हुई। बचे-खुचे जेवर तथा अपना अन्य सामान बेचकर मैं मुकद्दमा लड़ा। एक वर्ष से अधिक हो गया है, और अब तो भूखों मरने की नौबत आ गई है, पर मुकद्दमा अभी तक चल ही रहा है।''

उस समय मैंने देखा कि उसकी बातों से विश्वम्भरदयाल ज़रा विचलित हुए। उन्होंने पूछा, ''आपका मुकद्दमा कहां है?''

''यहीं इसी शहर में।'' उस बुड्ढे ने कहा।

''आपका क्या नाम है?'' विश्वम्भरदयाल ने फिर पूछा।

''रामेश्वर!'' उस बुड्ढे ने उत्तर दिया। कुछ चुप रहकर उसने फिर कहा, ''पर इससे क्या होता है, मेरी कहानी अभी अधूरी ही है। हां, मुकद्दमा लड़ा और आप देख ही रहे हैं कि मैं कितना बूढ़ा हूँ। मेरे बड़े लड़के ने पैरवी की। और अबकी बार जब वह कलकत्ता गया, उसने बहुत करुण स्वर में मुझसे कहा, ''बाबूजी, परमानन्द ने (परमानन्द उस युवक का नाम है जिसके साथ मुकद्दमेबाजी हो रही है) जज को पचास हज़ार की रिश्वत दे दी, अब फैसला हमारे खिलाफ होगा।''

''अपने लड़के की यह बात सुनकर मैं बेहोश हो गया। मेरे हृदय की धड़कन क्यों नहीं बन्द हो गई, यह मैं नहीं जानता—शायद अभी और कुछ भोगना बाकी है। मेरे पास अब एक भी पैसा नहीं जिससे आगे लड़ूं—कर्ज से बुरी तरह लदा हुआ हूँ। अब क्या होगा? एक महीने तक मैं बीमार रहा हूँ।

''कल बहस है—पर उससे क्या होता है? पचास हज़ार रुपये मनुष्यता पर बड़ी आसानी से विजय पा सकते हैं, मैं जानता हूँ कि मैं हार जाऊंगा। मैं हाइकोर्ट से जीत सकता हूँ, पर हाइकोर्ट तक लड़ने के लिए मुझ में सामर्थ्य नहीं है। यह बात मैं ही नहीं जानता हूँ, इसे परमानन्द भी जानता है और वे जज साहब भी जानते हैं, जिन्होंने रिश्वत ली है।''

कुछ देर रुककर उस बूढ़े ने फिर कहा, ''अरे, मैं आपसे पहले ही कह चुका हूँ कि मैं कायर हूँ। थोड़े साहस की आवश्यकता है और मैं पासा पलट सकता हूँ। मैं अगर जज को गोली मार दूं तो अभी सब कुछ हो सकता है। परमानन्द अब दूसरी बार पचास हज़ार रिश्वत नहीं दे सकता, यह निश्चय समझिए और अगर वह दे भी सकता तो दूसरे जज के रिश्वत स्वीकार करने में मुझे शक है। बस थोड़ा-सा साहस मुझमें यदि होता तो! रही मेरी, मैं बूढ़ा हूँ, यदि पकड़ा गया तो मेरी मृत्यु से मुझे विशेष हानि नहीं। इस निराशा और असफलता के अस्तित्व की अपेक्षा मृत्यु अच्छी है, पर ऐसी हालत में मेरे लड़के तो सुखी रहेंगे। और यदि नहीं पकड़ा गया तो मैं बहुत बड़ा आदमी हो जाऊंगा। पर नहीं, यह सम्भव नहीं। मैं कायर हूँ और मैं यह जानते हुए भी कि अपनी कायरता के कारण मैं पशु से भी गया-बीता हूँ, मैं कायरता नहीं छोड़ सकता—नहीं छोड़ सकता।''

यह कहकर वह बूढ़ा उठ खड़ा हुआ और कमरे के बाहर चला गया। और मैंने देखा कि विश्वम्भरदयाल का मुख पीला पड़ गया है, उसके मस्तक पर पसीने की बूंदें चमक रही हैं और उसका सारा शरीर कांप रहा है।

उत्तरदायित्व

मैंने एक काम किया—अच्छा या बुरा, इससे कोई प्रयोजन नहीं। अब प्रश्न उठता है कि मैंने वह काम क्यों किया। अपने उस कर्म का उत्तरदायी स्वयं मैं हूँ सब लोग यह कहेंगे और साधारण तर्क से उनका यह कहना गलत भी नहीं है। पर ऐसी भी परिस्थतियां आ सकती हैं जबकि यह काम करने के लिए मैं प्रेरित या विवश किया जाता हूँ। ऐसी अवस्था में मेरे उस काम का उत्तरदायित्व किस पर है—मुझ पर या मुझे प्रेरित अथवा विवश करने वाले पर? यहां पर मतों में विभिन्नता मिलेगी—कुछ कहेंगे कि उत्तरदायित्व मुझ पर है और कुछ कहेंगे कि उत्तरदायित्व प्रेरित करने वाले पर है। एक और भी मत है और यद्यपि उस मत के माननेवालों की संख्या धीरे-धीरे कम होती जाती है, पर वह मत ऐसा नहीं है कि हँसी में उड़ाया जा सके। उस मत के हिसाब से मेरे किसी भी काम का उत्तरदायित्व न मुझ पर है और न किसी दूसरे व्यक्ति पर। मेरे प्रत्येक साधारण अथवा असाधारण कर्म का उत्तरदायित्व उस पर है, जिस पर कर्म करने वाले को रचने का उत्तरदायित्व है। इस मत वाले को अंग्रेज़ी में 'फेटलिस्ट' कहते हैं और हिन्दी में 'भाग्यवादी' कहते हैं। यहां पर यह कह देना अनुचित न होगा कि यदि मैं भाग्यवादी बन सकूं तो जगदीश की आत्महत्या से मेरे हृदय में जो द्वन्द्व मचा हुआ है, वह शान्त हो जाए।

जगदीश ने आत्महत्या की—लोगों ने यह खबर अखबारों में पढ़ी और भूल गए। जगदीश अनाथ था, इसलिए उसकी मृत्यु पर कोई रोया भी नहीं। उसके मित्रों में से कुछ ने कहा, "बेचारा कितना अच्छा था; उसके मरने से बड़ा दुःख हुआ!" और कुछ ने कहा, "कितना बेवकूफ था, दुनिया बेवकूफों के लिए नहीं है!" यहां तक कि जिसके लिए जगदीश ने आत्महत्या की थी, उसने जब यह खबर सुनी तो कुछ उदास होकर कहा, "कितना पागल था, भगवान उसे शान्ति दे!" और दुनिया उसी रफ्तार से चलती रही, जिस रफ्तार से चल रही थी।

जगदीश मेरा सहपाठी था और मेरे बोर्डिंग में रहता था। हम लोग केवल इतना जानते थे कि उसका नाम जगदीश है और वह अनाथ तथा निर्धन है। गोरा-सा और लम्बा-सा नवयुवक—इकहरे बदन का और सुन्दर! आँखों में चमक थी और मुख पर एक विचित्र प्रकार की तन्मयता। क्लास में काफी तेज़ था और ट्यूशन करके अपना निर्वाह करता था। वह एक लक्ष्यहीन नवयुवक था, भावुक और हठी।

वह दिन जगदीश के लिए बड़ा अशुभ था, जिस दिन जगदीश की मिस शीला से मित्रता हुई। मिस शीला एक सम्पन्न बैरिस्टर की पुत्री थी और हमारी क्लास में पढ़ती थी। उस दिन जगदीश कितना प्रसन्न था, उसने मुझसे कहा, ''रंजन! वह अनिंद्य सुन्दरी है और—वह मेरे सपनों की रानी है—समझे!'' मिस शीला से उसकी मित्रता की बात सुनकर और उसके प्रति जगदीश के उद्‌गार जानकर मुझे अच्छा नहीं लगा, शायद इसलिए कि जगदीश को मैं बहुत चाहता था और मैं उससे अधिक अनुभवी था। मैंने कहा था, ''जगदीश! जानते हो, तुम कहां जा रहे हो?'' उसने मेरी ओर कुछ देर तक ध्यान से देखकर कहा, ''हां रंजन, तुम्हारा मतलब विनाश से है न? उसी ओर जा रहा हूँ—प्रेम विनाश का ही दूसरा रूप...'' और वह मुस्करा पड़ा था।

जगदीश और मिस शीला की मित्रता बढ़ती गई—वह प्रेम में परिणत हो गई। जगदीश मिस शीला का दीवाना-सा हो गया। महीनों एक समय भोजन न करके वह कुछ रुपये बचाता था और एक दिन मिस शीला के साथ सिनेमा जाकर तथा उसके बाद होटल में उसके साथ बैठकर खाना खाने में फूंक देता था। अपनी आवश्यकताओं को अधिक घटाकर तथा अधिक से अधिक ट्यूशनों पर अधिक मेहनत करके वह कुछ रुपये जमा करता था और एक दिन वह अपनी सामर्थ्य से बाहर एक कीमती उपहार खरीदकर मिस शीला को भेंट कर देता था।

जिस बात का मुझे भय था वह अन्त में हो गई। उस दिन संध्या के समय जगदीश जब लौटा, तब उसके पैर लड़खड़ा रहे थे। आँखें पथराई हुई थीं और मुख पर मुर्दनी छाई हुई थी। मैंने उससे कारण पूछा। एक रूखी मुस्कराहट के साथ उसने कहा, ''सब समाप्त हो गया!''

''वह कैसे?'' मैंने पूछा।

''वह इस तरह कि शीला ने मेरा विवाह का प्रस्ताव ठुकरा दिया।''

मैंने कहा, ''तुम शीला के लिए नहीं बने हो, और शीला तुम्हारे लिए नहीं

बनी है—तुम्हारा सारा भ्रम दूर हो गया और तुम अब अपने को संभाल सकते हो—सब ठीक ही हुआ!''

जगदीश कुछ देर तक मेरी ओर देखता रहा, इसके बाद तूफान फट पड़ा, ''ठीक ही हुआ—जो कुछ होता है वह ठीक ही होता है। रंजन! शीला मेरे वास्ते नहीं है—मैं शीला के वास्ते नहीं हूँ, और रंजन, जानते हो, मेरी दुनिया कितनी संकरी, कितनी सीमित है? मेरी दुनिया शीला है—समझे! इसके ये अर्थ होते हैं कि दुनिया मेरे वास्ते नहीं है और मैं दुनिया के वास्ते नहीं हूँ!''

मैंने जगदीश की पीठ पर हाथ रखते हुए कहा, ''जाओ, सोओ जाकर—पागलपन की बात मत करो! धीरे-धीरे दुख दूर हो जाएगा और तुम स्वयं अपने को समझने लगोगे।''

जगदीश ने कुछ नहीं कहा, वह सीधे अपने कमरे में गया और सुबह मालूम हुआ कि रात में जगदीश ने आत्महत्या कर ली।

सुख आते हैं और चले जाते हैं, दुख आते हैं और चले जाते हैं। बच्चे पैदा होते हैं और बुड्ढे मरते हैं। मित्रता बनती है और टूटती है। यह सब एक विचित्र क्रम है, पर बहुत-कुछ मनुष्य की प्रकृति पर भी निर्भर है। भावना यदि जन्म लेती है तो मरती भी है, पर भावना का जीवन मनुष्य की प्रकृति से सम्बद्ध है। कुछ प्रकृतियां ऐसी हैं जहां किसी भावना का जीवन क्षणिक रहता है; और कुछ प्रकृतियां ऐसी हैं जहां भावना का जीवन काफी अधिक होता है—कभी-कभी मनुष्य के जीवन से भी अधिक। दो महीने के अन्दर ही बहुत लोग जगदीश को भूल गए, पर मैं उसे नहीं भूल सका, नहीं भूल सका।

एक दिन सुना कि मिस शीला का विवाह होने वाला है। मिस शीला से मेरा परिचय था और जगदीश की आत्महत्या के पहले मेरी उससे अच्छी-खासी घनिष्ठता थी। जगदीश की मृत्यु के बाद मैंने मिस शीला से बातचीत नहीं की, न जाने क्यों उसके प्रति मुझमें एक भयानक घृणा की भावना पैदा हो गई थी।

यह खबर सुनकर कि मिस शीला का विवाह होने वाला है, मैं अपने को न रोक सका। रविवार था, सुबह चाय पीकर मैं उसके बंगले पर पहुंचा। इत्तला करवाई और ड्रांइग रूम में शीला मुझसे मिली। मुस्कराते हुए उसने कहा, ''कहिए मिस्टर रंजन, कैसे भूल पड़े? आज बहुत दिनों बाद आपके दर्शन हुए।''

मुस्कराने का प्रयत्न करते हुए मैंने भी कहा, ''यों ही घूमता-घामता चला आया। सोचा कि आपके विवाह के शुभ समाचार पर आपको बधाई दे आऊं!''

मैंने जो कुछ कहा उसमें कटुता की एक अव्यक्त भावना अवश्य थी पर

जहां तक मैं समझता हूँ मैंने वह भावना तनिक भी स्पष्ट न की थी; न जाने किस प्रकार शीला को उस कटुता का पता लग गया। उसने कहा, ''आपने बड़ी कृपा की, मिस्टर रंजन! आप मुझे बधाई देने आवेंगे, इसकी मुझे तनिक भी आशा न थी, और मैं आपके बधाई देने पर आपको धन्यवाद न देकर, आपके यहां आने पर आपको धन्यवाद अवश्य दूंगी।''

अच्छा ही हुआ जो शीला ने बात छेड़ी—यदि वह इस प्रकार उत्तर न देती, तो जीवन का एक बहुत बड़ा रहस्य मेरी आँखों से ओझल रह जाता। मैंने कुछ उत्तेजित होकर कहा, ''शायद विवाह आपके लिए एक आवश्यक विवशता है और इसलिए आपको उससे प्रसन्नता नहीं है।''

यह कहकर मैं कुछ पछताया भी, पर तीर कमान को छोड़ चुका था। शीला ने मेरी ओर तीव्र दृष्टि से देखते हुए कहा, ''मिस्टर रंजन! आप मेरा अपमान करने आये हैं, मैं यह जानती हूँ। आप अपमान करने क्यों आए, इसे भी मैं जानती हूँ। यदि मैं चाहूँ तो इस अपमान का बदला मैं जाने को कहकर ले सकती हूँ, पर ऐसा नहीं करूंगी। जगदीश की मृत्यु के बाद बहुत लोग मुझसे घृणा करने लग गए हैं। आप जगदीश के सबसे घनिष्ठ मित्र थे, शायद आप सबसे अधिक घृणा भी करते हैं। ऐसी हालत में आपसे मैं बातें करूंगी—अपनी सफाई दूंगी, समझे! आप प्रश्न करें और प्रत्येक प्रश्न का सही-सही उत्तर दूंगी।''

मैं संभलकर बैठ गया। मैंने कहा, ''मिस शीला, मैं आपके सद्व्यवहार के लिए आपको धन्यवाद देता हूँ। मेरा पहला प्रश्न यह है—आपने जगदीश से विवाह करने से क्यों इन्कार कर दिया?''

''इसलिए कि मैं उससे प्रेम नहीं करती थी!'' शान्त भाव से उसने कहा।

''आप उससे प्रेम नहीं करती थीं—यह तो बड़ी विचित्र बात है!''

''हां, मैं उससे प्रेम नहीं करती थी, मिस्टर रंजन! मैं कहती हूँ कि मैं उससे प्रेम नहीं करती थी—क्या इतना काफी नहीं है? पहले ही कह चुकी हूँ कि मैं आपसे सब बातें सच-सच कहूँगी, फिर आप मुझे झूठी समझकर मेरा अपमान करेंगे।''

निष्प्रभ होकर मैंने कहा, ''पर जगदीश तो समझता था कि आप उससे प्रेम करती हैं!''

''जगदीश समझता था कि मैं उससे प्रेम करती हूँ—मिस्टर रंजन उसमें दोष किसका था जगदीश का या मेरा? यदि मैं किसी व्यक्ति से अच्छी तरह बातें करती हूँ, यदि किसी व्यक्ति को मैं नापसन्द नहीं करती हूँ और उसका साथ

मुझे अच्छा भी लगता है, तो इसके ये अर्थ नहीं कि मैं उससे प्रेम करती हूँ। मैं यदि किसी व्यक्ति को देखकर मुस्करा देती हूँ और वह व्यक्ति इतना मूर्ख है कि मेरी मुस्कराहट से वह इस निर्णय पर पहुंच जाता है कि मैं उससे प्रेम करती हूँ, तो उसमें मेरा क्या दोष है? मिस्टर रंजन, मैं यह मानती हूँ कि जगदीश को मैं पसन्द करती थी। यह ठीक है कि मैं हँसती-बोलती थी, पर इसके ये अर्थ नहीं हैं कि मैं उससे प्रेम करती थी। जगदीश ही क्यों, न जाने कितने लोग मेरे यहां आते हैं—न जाने कितने युवक मेरी मुस्कान के प्यासे मेरे दरवाज़े खड़े रहते हैं और मैं प्रत्येक व्यक्ति से बातें करती हूँ, उनको अपनी मुस्कान बांटती हूँ, पर प्रेम तो मैं एक ही से कर सकती हूँ, सबों से नहीं। हां, पर आप पूछेंगे कि तुम ऐसा क्यों करती हो? इसका भी उत्तर मेरे पास है, यह इसलिए कि मुझे अच्छा लगता है। अपने चारों ओर प्रणय-भिखारियों की भीड़ देखकर मुझे बुरा क्यों लगे? मुझे अपनी सुन्दरता पर, अपनी मोहिनी शक्ति पर गर्व होता है। मिस्टर रंजन—आप ही बताइए कि यदि आपको घेरकर दस-बीस सुन्दर युवतियां खड़ी हो जाएं तो क्या आपको अच्छा न लगेगा?''

''आप ठीक कहती हैं!'' धीरे से मैंने कहा।

''अब सवाल आता है कि मुझे अच्छा क्यों लगता है? यह तो मानव प्रकृति है, या यदि आप इसे मानवीय दुर्बलता कहें तो इसमें भी मुझे कोई आपत्ति नहीं है। फिर आप यह पूछेंगे कि मैं उन लोगों पर यह क्यों नहीं स्पष्ट कर देती हूँ कि मैं उनसे प्रेम नहीं करती। मुझे केवल इसमें सुख मिलता है कि वे मेरी पूजा करें, मेरे इशारों पर नाचें कि मैं उन्हें अपना खिलौना बनाकर खेलूं। इसका भी उत्तर सपष्ट है, मिस्टर रंजन! हम सब खेलना चाहते हैं, जीवन स्वयं ही एक खेल है। दुखी है जो अच्छी तरह से खेल नहीं सकता। मैं अपने खिलौनों पर यह सत्य प्रकट करके अपने खेल को बिगाडूं क्यों?''

मेरी आँखें खुल गईं। शीला ने जो कुछ कहा वह कटु था, भयानक था, पर सत्य था। फिर भी मैंने साहस किया, ''पर आपके उस खेल का दूसरे पर क्या परिणाम होगा, यह भी आपने कभी सोचा है? आपकी यह अर्थहीन मुस्कान अथवा क्षणिक भावना से प्रेरित चुम्बन दूसरे का कितना अहित कर सकेंगे, इस पर भी कभी ध्यान दिया है? मैं मानता हूँ कि खेलना सब पसन्द करते हैं, पर मनुष्य के भविष्य से खेलना उसके प्राणों से खेलना है? मिस शीला, यह कितना भयानक है—कितना अमानुषिक है!''

शीला हँस पड़ी, पर उसकी हँसी में माधुर्य नहीं था, एक पैशाचिक कर्कशता

थी। ''मनुष्य के भविष्य से खेलना, मनुष्य के प्राणों से खेलना! इस पर आपको आश्चर्य होता है, पर मैं आपसे पूछती हूँ, कौन उनसे नहीं खेलता? क्या पुरुष स्त्री के प्राणों से नहीं खेलता? क्या व्रह स्त्री को गुलाम बनाकर नहीं रखना चाहता? मिस्टर रंजन, अपने समाज में आप वेश्याओं का स्थान तो जानते ही होंगे। ये वेश्याएं हैं कौन? ये वेश्याएं भी कभी सच्चरित्र युवतियां थीं, जो सुख चाहती थीं, मान चाहती थीं और प्रतिष्ठा चाहती थीं, पर इनमें से प्रत्येक के साथ किसी न किसी पुरुष ने सबसे पहले खेला है, और उस पहले खेल से सन्तुष्ट न होकर पुरुष जाति ने जीवन-भर के लिए उन्हें खिलौना बना लिया है। और भी आप सुनेंगे, यह जो नवयुवकों की भीड़ मेरे दरवाज़े हाज़िरी बजाती है, इनमें से अधिकांश मुझे खिलौना बनाकर खेलना चाहते हैं।''

मैं सिहर उठा। चुपचाप मैं मिस शीला की बातें सुन रहा था। मैंने धीरे से कहा, ''पर जगदीश तो आपसे खेलने नहीं आया था। दूसरे के अपराध का दण्ड उसे आपने क्यों दिया?''

शीला शान्त हो गई थी, ''हां, जगदीश मुझसे खेलने नहीं आया था, यह मैं जानती हूँ।''

मैंने फिर कहा, ''और जगदीश वास्तव में आपसे प्रेम करता था।''

''यह भी जानती हूँ।'' शीला बोल उठी, ''पर मैं क्या करूं? जगदीश मूर्ख था—इसका मुझे दुख है। मैंने अन्त में उससे भी कह दिया था कि मैं उससे प्रेम नहीं करती, पर वह मेरी बात समझ ही नहीं सका। मैं उस व्यक्ति को, जो समझने के लिए तनिक भी तैयार न था, किस प्रकार समझा सकती थी? और मिस्टर रंजन , मैं सच कहती हूँ कि मैं जगदीश के साथ खेली भी नहीं। वह मेरे साथ सिनेमा देखने जाता था, एक-आध बार किसी प्रेम दृश्य को देखकर मुझमें एक प्रकार की क्षणिक भावना जाग उठी और मैंने उसे चुम्बन कर लेने दिया, पर मिस्टर रंजन, मैं देवी तो नहीं हूँ, मानवी हूँ, हाड़-मांस की बनी हुई हूँ, मुझमें भी वासना है। उस अवसर पर अपने को रोकना बड़ा कठिन होता है, उस आत्म-समर्पण को कभी महत्त्व नहीं दिया जाना चाहिए। फिर जगदीश इतना अच्छा था, इतना भोला था, इतना नासमझ था कि मैं उसका हृदय भी दुखाना नहीं चाहती थी।''

शीला की बातें सुनकर उसके प्रति मेरे हृदय में सहानुभूति की भावना जाग्रत हो रही थी कि एकाएक जगदीश का चित्र मेरी आँखों के आगे आ गया—वह चित्र जिसे मैंने उसके जीवन की अन्तिम घड़ियों में देखा था, वही लड़खड़ाते हुए पैर, पथराई हुई आँखें और मृत्यु की छाया से धुंधला मुख। मालूम होता था कि

जगदीश मुझसे कहने आया है, 'बस इतने से ही पिघल गए, उस दिन की मेरी हालत क्या तुम भूल गए, इस स्त्री ने मेरी हत्या की है, यह याद रखो।' और मेरी सारी कोमलता जाती रही। मैंने रूखे स्वर में कहा, ''आप उसका हृदय दुखाना नहीं चाहती थीं, पर आप उसकी हत्या करना चाहती थीं, मिस शीला! पता नहीं, आप मुझे धोखा दे रही हैं या आप स्वयं अपने को धोखा दे रही हैं।''

शीला की कर्कशता लौट आई, पर इस समय उद्विग्नता के साथ नहीं, दबी हुई, गम्भीर। ''मैं उसकी हत्या करना चाहती थी, मिस्टर रंजन? आप मेरे साथ अन्याय कर रहे हैं। आप लोग समझते हैं कि जगदीश की आत्महत्या का उत्तरदायित्व मुझ पर है। मैं आपसे इतना कह चुकी हूँ, फिर भी आप निष्पक्ष भाव से निर्णय नहीं कर रहे हैं। मैं जानती हूँ, आपसे कहीं अधिक, कि पुरुष अधिक बलवान है, वह अधिक शक्तिशाली है। मैं यह भी जानती हूँ कि प्रकृति से पुरुष स्वामी है और स्त्री गुलाम है। पर जब पुरुष गुलामी करने पर तुल जाए, तो उसमें स्त्री का क्या दोष? यदि कोई पुरुष मेरे इशारे पर नाचे तो उसमें कमज़ोरी उसकी है, न कि मेरी। यदि पुरुष स्वयं अपना मूल्य न जाने, तो मुझे क्या पड़ी है कि मैं उसका मूल्य बताऊं?''

शीला ने मेरी आंखों में अपनी आंखें गड़ा दीं। वह निश्चल और अविचलित थी। उसके मुख पर आत्मविश्वास झलक रहा था, उसकी आँखों में चमक आ गई थी। उस समय उसका सुन्दर मुख और सुन्दर हो उठा था–''और मिस्टर रंजन, यह भी याद रखिएगा कि मनुष्य स्वयं अपने कर्मों का उत्तरदायी है। भगवान ने उसे भले-बुरे की पहचान करने की क्षमता प्रदान की है, वह अपना हित-अहित समझ सकता है। यदि आप जगदीश के कर्मों का उत्तरदायित्व मुझ पर रख रहे हैं, तो आप मेरे साथ तो अन्याय कर ही रहे हैं, पर जगदीश के साथ भी अन्याय कर रहे हैं।''

मैं जानता था कि मैं पराजित हुआ। शीला ने अपने पक्ष में अकाट्य तर्क दिए थे, पर एकाएक मुझे एक भूली बात याद हो गई। मैंने कहा, ''मिस शीला, आप जानती हैं कि जगदीश बहुत गरीब था; आप जानती हैं कि ट्यूशन पढ़ा-पढ़ाकर वह निर्वाह करता था। लोगों का कहना है कि उसकी निर्धनता के कारण ही आपने उसके विवाह के प्रस्ताव को ठुकरा दिया था। ऐसी हालत में क्या आप बतला सकेंगी कि आपने उसके कीमती उपहार क्यों स्वीकार किए? रक्त से कमाए हुए उसके कुछ चांदी के टुकड़ों को आपने सिनेमा देखकर और होटल में खाना खाकर बेरहमी के साथ क्यों खर्च किया?''

मिस शीला का मुख एक क्षण के लिए पीला पड़ा, फिर लाल हो गया। वह उठ खड़ी हुई—उसने भर्राए हुए स्वर में कहा, ‘‘मिस्टर रंजन, मैं समझती हूँ कि काफी अपमानित होने पर भी मैंने आपकी सब बातों का उत्तर दिया। पर आप बहुत अधिक असभ्य होते जा रहे हैं। मेरे पास इतना समय नहीं है कि मैं आपके निरर्थक प्रश्नों का उत्तर दिए ही जाऊं।’’

और वह तीर की भांति कमरे के बाहर निकल गई।

नाज़िर मुंशी

ज्ञान कुरूपता है और अज्ञान सौंदर्य है। अगर आप इस बात को बिना किसी तर्क के मान लेते हैं—और मैं आपको विश्वास दिलाता हूँ कि तर्क करके आप मुझसे जीतेंगे नहीं—तो मैं आपसे कह सकता हूँ कि लड़कपन जीवन का सौंदर्य है, लड़कपन के कुछ थोड़े-से वर्षों में ही तो हम वास्तविक सुख का भोग करते हैं, उत्सुकता के उन इने-गिने पलों में ही हम वसुधा की अक्षय सुषमा को देख पाते हैं, फिर उसके बाद ज्ञान की भयानक कुरूपता!

उड़नेवाले सफेद बादल से दौड़ने में होड़ लगाना, तितली के साथ खेलने का प्रयत्न करना, तारों में पहुंचने की कल्पना करना—यह सब का सब एक मधुर स्वप्न की आह भरी धुंधली स्मृति के रूप में बदल चुका है। मैं जीवन को देख रहा हूँ और मुझे कुरूपता के साथ खेलना पड़ता है। कभी-कभी लड़कपन भी याद आ जाता है, वे विगत स्वप्न पल-भर के लिए वास्तविकता बनकर लौट पड़ते हैं। चाहता हूँ कि वे सपने न मिटें पर इतना चाहते ही सपने उड़ जाते हैं, मुझे कुछ चकित-सा, कुछ भूला-सा और कुछ विक्षुब्ध-सा छोड़कर।

उन्हीं सपनों में एक सपना नाज़िर मुंशी का भी था। एक दिन वह सपना जीवन की एक भयानक कुरूपता प्रदर्शित करता हुआ सदा के लिए नष्ट हो गया, और उसके नष्ट हो जाने का मुझे गहरा दुख है। मैं कहता हूँ कि बचपन के सपनों को सपना बनाकर ही रखा जाना चाहिए, वास्तविकता की कसौटी पर उन सपनों को कसना उन्हें सदा के लिए नष्ट कर देना है—सौंदर्य की कुछ रेखाओं को निर्दयतापूर्वक मिटाकर एक से एक भयानक कुरूपताओं को ढूंढ़ निकालना है।

पचीस वर्ष बीत गए—पल-पल, दिन-दिन, महीना-महीना और साल-साल कटते हुए। आज किसी की बरात में जाना अखर जाता है। अगर जाता हूँ तो मजबूरन। बाजों की आवाज़ें अब मेरे कान पर प्रहार की तरह पड़ती हैं। लोगों

को विवाह के उपलक्ष्य में जब प्रसन्न देखता हूँ, तब सोचता हूँ कि ये कितने मूर्ख हैं? नाच-रंग को पल-भर का नशा समझने लग गया हूँ, जिसका खुमार हमें जीवन के युद्ध में अधिक से अधिक निर्बल बना देता है। पर आज से पचीस वर्ष पहले मैं लड़का था। उन दिनों जब बरात में चलने का निमंत्रण मिलता था, तब चित्त प्रसन्न हो जाता था। महीनों से तैयारियां करता था, एक-एक दिन गिनता था, बरात में चलने की प्रतीक्षा में। जीवन की कुरूपता तथा असफलता ने उस समय तक मेरे कौतूहल का, मेरी उत्सुकता का गला नहीं घोंटा था। वह मेरा लड़कपन था, मेरे जीवन का सौंदर्य था।

ठीक पचीस वर्ष पहले की यह बात है जब मैं एक बरात में गया था। उसी बारात में पहले-पहल नाज़िर मुंशी को देखा था। बड़े आदमियों की बरात थी, लड़के का बाप डिप्टी कलक्टर था और लड़की का बाप सब-जज । बराती थे वकील-बैरिस्टर, रईस, डाक्टर और ऐसे ही लोग।

उस बरात में कुछ गरीब आदमी भी थे; कोई ऐसे भिखमंगे तो नहीं, पर लड़केवाले और लड़कीवालों से तुलना करने पर गरीब, और उन गरीब आदमियों में नाज़िर मुंशी भी थे। पर उन दिनों, मानो पचीस वर्ष पहले, रिश्तेदारी में रुपये-पैसे को भेद-भाव नहीं देखा जाता था। नाज़िर मुंशी भी बराती थे, उतने ही इज़्ज़तदार और प्रतिष्ठित, जितने लड़के के पिता डिप्टी साहब। मंझोले कद के गोल-मटोल आदमी थे, मूंछें बड़ी-बड़ी और तोंद निकली हुई

नाज़िर मुंशी की ओर मैं आकर्षित हुआ! लड़कों की भीड़ उन्हें क्यों हरदम घेरे रहती थी? महफ़िल में नाज़िर मुंशी क्यों सबसे आगे बिठाए जाते थे? इन प्रश्नों का उत्तर एक है—नाज़िर मुंशी हँसमुख आदमी थे। किसी भी आदमी को बातों में उड़ा देना उनके बायें हाथ का खेल था। जहां नाज़िर मुंशी थे, वहां हँसी का ठहाका था। हाज़िर-जबावी उनका जन्मसिद्ध अधिकार था।

उस बरात में एक अप्रिय घटना घट गई। सुबह बरफ नहीं आई और डिप्टी साहब सब-जज साहब पर नाराज़ हो गए। लगे कहने, और लुक-छिपकर नहीं, बल्कि खुलेआम जैसा कि लड़के के पिता को अधिकार प्राप्त है, ''मैंने समझा था, पढ़े-लिखे आदमी हैं, शरीफ़ हैं। यह नहीं जानता था कि पूरे मक्खीचूस हैं, पैसे को इस बुरी तरह पकड़े हैं। रुपये दो रुपये के पीछे हमारे आराम-तकलीफ का ख्याल तक नहीं। यह जानता होता कि ऐसे कमीनों से वास्ता पड़ेगा तो इनके यहां शादी न करता।''

सब-जज साहब ने जब यह सुना कि ज़रा बरफ न पहुंचने पर डिप्टी साहब वाही-तबाही बकने लगे, तो उन्हें भी गुस्सा आ गया। सुबह जिन्स तो भिजवा दी, लेकिन फिर कोई आदमी 'आपको कोई तकलीफ तो नहीं है?'—'किसी चीज़ की ज़रूरत है?'—आदि-आदि प्रश्न पूछने न आया।

डिप्टी साहब का पारा चढ़ता ही गया। शाम के समय नाश्ता नौकरों के हाथ आया। न सब-जज साहब ही बारातियों को झांकने आए और न उनके लड़के, न रिश्तेदार। यह उपेक्षा डिप्टी साहब को असह्य हो गई नाश्ता उन्होंने वापिस भिजवा दिया और बारातियों को कूच का हुक्म सुनाया गया। फौज ने असबाब कसना शुरू किया। मामला इतना अधिक बढ़ गया और डिप्टी साहब तथा सब-जज साहब अपनी-अपनी ज़िद पर अड़े रहे।

क्राइसिस पर विजय पाई नाज़िर मुंशी ने। लड़कों को एकत्र करके उन्होंने सब-जज के मकान पर धावा बोल दिया। बरातियों को इस बात का पता तक नहीं, सब लोग इतने अधिक व्यस्त थे।

सब-जज साहब अपने दरवाज़े पर बैठे हुक्का गुड़गुड़ा रहे थे। उनको घेरे बैठे थे उनके रिश्तेदार व अन्य दोस्त। सब जज साहब बीच-बीच में कहते जाते थे, ''वही अकेले इज़्ज़तदार नहीं हैं। लड़की की शादी की है, कोई इज़्ज़त नहीं बेची है। जाते हैं तो जाने दो।''

उनके दरवाज़े पर पहुंचकर नाज़िर मुंशी ने हम लोगों को एक लाइन में खड़ा कराया, फिर उन्होंने सब-जज साहब को एक बड़े अदब के साथ झुककर एक लम्बा-चौड़ा सलाम किया। नाज़िर मुंशी के पहुंचते ही सब-जज साहब अकड़ कर बैठ गए। उन्होंने नाज़िर मुंशी को उसी दृष्टि से देखा जिस दृष्टि से बादशाह शत्रु के राजदूत को देखता है।

पर नाज़िर मुंशी ने सब-जज साहब से कोई बातचीत नहीं की। इसके स्थान पर सब-जज साहब की तरफ इशारा करके उन्होंने हम लोगों से कहना आरम्भ किया, ''लड़को! सब-जज साहब यही हैं, बड़े स्वाभिमानी और बड़े इज़्ज़तदार! अंग्रेज़ी तहज़ीब के कायल हैं। और अगर देखा जाए, तो अंग्रेज़ी तहजीब ऐसी कोई बुरी भी नहीं है। ये सब-जज साहब हमारे मेज़बान है, इन्होंने हमें—यानी बरात को अपने घर पर बुलाया है। और मेरे प्यारे बच्चों, तुम्हारे बुजुर्ग सब-जज साहब से नाराज होकर चले जा रहे हैं, इसमें तुम्हारे बुजुर्गों की ही गलती है। माना कि हिन्दुस्तान की पुरानी तहज़ीब के मुताबिक मेज़बान का यह फर्ज है कि वह मेहमान की उचित-अनुचित चुपचाप सह ले, और अपने घर पर आमंत्रित

मेहमान की सेवा करें, लेकिन अंग्रेज़ी तहज़ीब के मुताबिक कभी भी बेजा बात बर्दाश्त नहीं करनी चाहिए। गोकि मैं हिन्दुस्तानी तहज़ीब का कायल हूँ, क्योंकि मैं हिन्दुस्तानी ही हूँ और हिन्दुस्तानियों के बीच में ही मुझे रहना है, और मेरे प्यारे लड़को! तुम्हारे लिए भी मेरी नेक सलाह यही है कि तुम हिन्दुस्तानी तहज़ीब को ही अपनाना, लेकिन तुम्हें सब-जज साहब की उचित पर डटे रहने की प्रवृत्ति पर उनकी इज़्ज़त करनी चाहिए। तुम सब लोग झुककर सब-जज साहब को सलाम करो और फिर अपने बुजुर्गों के साथ यहां से रवाना हो जाओ!''

नाज़िर मुंशी की स्पीच समाप्त हुई, लड़कों ने झुककर सब-जज साहब को सलाम किया।

नाज़िर मुंशी चलने के लिए घूमे ही थे कि सब-जज साहब ने खुद उठकर उनका हाथ पकड़ लिया। बड़े आदर के साथ उन्होंने नाज़िर मुंशी को और हम लोगों को बिठाया। अपने लड़को को बुलाकर उन्होंने मिठाई फल, नमकीन आदि वस्तुएं मंगवाई हम लोगों ने नाश्ता करना शुरू किया। उधर सब-जज साहब मय अपने साले-बहनोई, चाचा, फूफा, मामा, समधी-दामाद के डिप्टी सहब को मनाने चले।

उन दिन रात के समय जब महफिल जमी, तो जहां देखो वहां नाज़िर मुंशी ही नज़र आते थे। वेश्या की ओर संकेत करते हुए सब-जज साहब ने कहा, ''नाज़िर मुंशी, अपनी बहिन को पान दे आओ!'' और नाज़िर मुंशी ने जबाव दिया, ''हुजूर का मामा बनने से मुझे कतई इनकार नहीं है!'' लोग हँस पड़े। डिप्टी साहब ने कहा, ''नाज़िर मुंशी! सुना है कि समधिन ने आज शाम तुम्हें अपने हाथों मिठाई खिलाई! कैसी है?'' और नाज़िर मुंशी ने तड़ाक से कहा, ''उनकी शकल हुजूर की शकल से बिल्कुल मिलती-जुलती है!'' नाज़िर मुंशी बड़े भाई डिप्टी साहब के बहनोई थे।

और पचीस वर्ष बीत गए! प्रत्येक दिन आशा बनकर आया और निराशा बनकर निकल गया। इन पचीस वर्षों में बहुत-कुछ देखा, उससे भी अधिक सुना, लेकिन सीखा केवल इतना कि ज्ञान कुरूपता है और अज्ञान सौन्दर्य! जीवन के रहस्यों को सुलझाने में नित्य ही मैं उलझता गया और उलझन से घबराकर मैं सुख पर विश्वास छोड़ बैठा, ज्ञान पर विश्वास छोड़ बैठा, और यहां तक कि अपने पर भी विश्वास छोड़ बैठा। लड़कपन के सपनों के धुंधले सौन्दर्य को, जो एक अज्ञात युवक की भांति मेरे अन्तर में छिपा है, धीरे-धीरे मैं नष्ट करता जा रहा

हूँ। एक के बाद एक सपने मिटते जा रहे हैं और सात महीने हुए कि नाज़िर मुंशीवाला सपना भी सदा के लिए मिट गया।

अक्सर नाज़िर मुंशी के विषय में सोच लिया करता था। जितना जानता था, वह सब याद था, एक बात भी तो नहीं भूला था। हां, अगर कुछ भूल गया था तो वह, जिसे मैंने कभी जाना ही न था। नाज़िर मुंशी का क्या नाम था—उस बारात में इसे जानने का अवसर ही न मिला था। नाम तो वह साधन है, जो एक व्यक्ति को अन्य व्यक्तियों से पृथक करता है, और इस काम के लिए 'नाज़िर मुंशी' ही काफी थे। वह कहां रहते हैं, यह भी नहीं मालूम था। पर मेरी बड़ी प्रबल इच्छा थी कि एक बार फिर नाज़िर मुंशी से मिलूं—एक बार फिर उसी बारात वाले सुख का अनुभव करूं।

यह इच्छा भी पूरी हो गई। इस बार डिप्टी साहब के लड़के का नहीं, बल्कि उनकी लड़की के लड़के विवाह था। बारात में जाना ही पड़ा। इधर कई वर्षों से किसी बारात में न गया था, जाने की भी इच्छा नहीं हुई थी, पर डिप्टी साहब का अनुरोध था, उससे भी प्रबल आग्रह था डिप्टी साहब के लड़के का। और जिस लड़के का विवाह था, वह तो मुझे ले चलने की ज़िद ही पकड़ गया था।

जाना पड़ गया। इन पच्चीस वर्षों में डिप्टी साहब मनुष्य की कोटि से उठकर देवता की कोटि में आ गए थे। वे लखपति हो गए थे। उनका लड़का एक्जीक्यूटिव इंजीनियर था। और उनका नवासा, जिसका विवाह था, आई.सी.एस. में आ गया था और लड़की के पिता कमिश्नर थे।

मैं डिप्टी साहब के घर पहुंचा। आमन्त्रित अतिथि एकत्रित हो रहे थे। कार से उतरा था कि मैं चौंक पड़ा। मेरा स्वागत करने के लिए डिप्टी साहब और इंजीनियर साहब दोनों ही मेरी कार तक आये। उनके पीछे-पीछे लगभग बीस आदमी और थे, सभी डिप्टी साहब के रिश्तेदार और प्रायः सभी उनके कृपा पात्र। कार से उतरकर मैंने डिप्टी साहब और इंजीनियर साहब का अभिवादन किया। पर मैं उनकी ओर नहीं देख रहा था, मैं देख रहा था दूर पर सबसे पीछे खड़े हुए और एक आदमी की ओर।

मैं चला, धीरे-धीरे डिप्टी साहब नौकर से मेरा असबाब उतरवाकर रखवाने में लग गए, इंजीनियर साहब मेरे आने की सूचना देने घर के अन्दर चले गए और अन्य रिश्तेदार अपनी-अपनी जगह पर बैठ गए। पीछे खड़े हुए आदमी के पास पहुंचकर मैंने उसके कंधे पर हाथ रखते हुए कहा, "नाज़िर मुंशी!"

वह आदमी मेरी ओर घूम पड़ा। उसने खींसे निपोर दीं—''अरे, क्या आप मुझे पहचानते हैं?''

''पच्चीस साल पहले की बात याद है, जब तुम इंजीनियर साहब की बारात में गए थे।''

''हां अच्छी तरह याद है, तब तो आप बिलकुल लड़के ही रहे होंगे? अरे, आप...के साहबजादे तो नहीं हैं?''

''आपका कयास ठीक है।''

नाज़िर मुंशी मेरे पास से जाना चाहते थे, पर मैंने उनका हाथ पकड़ लिया, अपने साथ उन्हें भी रईसों की महफिल में ले गया, अपनी बगल में मैंने उन्हें बिठलाया।

डिप्टी साहब मेरा असबाब रखवाकर आ गए, इंजीनियर साहब घर में मेरे आने की सूचना देकर आ गए, आई.सी.एस. लड़का मुझसे मिलने आ गया। हम सब बैठे थे, बातें चल रहीं थीं और साथ-साथ व्हिस्की के दौर। नाज़िर मुंशी आँखें बन्द किए चुप बैठे थे। कभी-कभी वे ललचाई आँखों से व्हिस्की से भरे गिलास को देख अवश्य लेते थे, पर वहां बैठे हुए लोगों के लिए और शराब का गिलास भर देने वाले नौकर तक के लिए नाज़िर मुंशी का कोई अस्तित्व ही न था। एकाएक इंजीनियर साहब की नज़र नाज़िर मुंशी पर पड़ी! मुस्कराते हुए उन्होंने कहा, ''नाज़िर मुंशी, चुप कैसे हो?...अरे, कल्लू! नाज़िर मुंशी को भी पैग दो!''

इस बार सब लोगों ने नाज़िर मुंशी को देखा। कल्लू ने भी व्हिस्की का पैग नाज़िर मुंशी को दिया। एक घूंट में उन्होंने गिलास खाली कर दिया, आंखों में चमक आ गई।

इंजीनियर साहब ने फिर कहा, ''नाज़िर मुंशी चुप हैं?''

मुस्कराने का प्रयत्न करते हुए नाज़िर मुंशी ने उत्तर दिया, ''इसीलिए कि आप लोगों के मुहल्ले के धोबी न सतावें!''

सब लोग हँस पड़े। और फिर नाज़िर मुंशी का मज़ाक शुरू हुआ।

बरात चली स्पेशल ट्रेन में कुछ डिब्बे सैकण्ड क्लास के थे, कुछ इण्टर और कुछ थर्ड के। सैकण्ड क्लास में थे, डिप्टी साहब के घरवाले और अमीर बाराती, इण्टर क्लास में थे गरीब रिश्तेदार, और थर्ड में थे नौकर। नाज़िर मुंशी भी इण्टर में थे।

सफर लम्बा—अखर जाने की बात थी। सुबह को ब्रिज खेलकर हमने समय काटा और दोपहर बाद का समय हम लोगों को काटने लगा। एकाएक आई.

सी.एस. लड़का बोल उठा, ''नाज़िर मुंशी को क्यों न यहां बुला लिया जाए?'' यह बात सब लोगों को पसन्द आ गई।

दूसरे स्टेशन पर नाज़िर मुंशी आए और चहल-पहल मच गई। बातों ने रंग पकड़ा और चुने हुए फिकरे सुनने को मिले। लोग हँस रहे थे और मैं नाज़िर मुंशी की ओर देख रहा था। नाज़िर मुंशी मज़ाक कर रहे थे, केवल इसलिए कि लोग आशा करते थे कि वे मज़ाक करेंगे और मज़ाक करना उनका कर्तव्य था, पर उनके मज़ाक करने में न तो कोई उल्लास था, न उनके अन्तर की कोई भावना थी।

चाय का समय हो गया और हम लोग चाय पर डट गए। पर नाज़िर मुंशी अलग बैठे रहे, चाय में शरीक होने को किसी ने उनसे पूछा भी तो नहीं। मैंने यह देखा और मुझसे नहीं रहा गया। मैंने कहा, ''नाज़िर मुंशी, चाय पियो!'' और सबने एक स्वर में इसका समर्थन किया। नाज़िर मुंशी कभी-कभी हम लोगों को देख लेते थे और फिर ऊंघने लगते थे। दूसरे स्टेशन पर वह अपने डिब्बे में चले गए।

बारात लौट आई, कोई खास घटना नहीं घटी। बड़े लोगों की बारात थी। प्रबन्ध बहुत सुन्दर और खातिरदारी पूरी। जो कुछ हुआ वह मशीन की भांति। बड़े आदमी एक-दूसरे से मिले, उन लोगों में बातें भी हुई, नपी-तुली और उड़ती हुई, छोटे आदमियों ने बड़े आदमियों का मुंह देखा, मौका ढूंढा कि एक-आध बात वे भी कर सकें और इस प्रयत्न में दो-एक सफल भी हो गए।

बारात के विदा होने के बाद लोग भी विदा होने लगे। दूसरे दिन सुबह मैंने भी चलना निश्चित किया। सुबह जाने के पहले मैंने नाज़िर मुंशी को ढूंढ़ निकाला। उस समय नाज़िर मुंशी डिप्टी साहब के पीछे-पीछे उनकी हां में हां मिलाते हुए बगीचे में टहल रहे थे।

मैंने डिप्टी साहब से कहा, ''चाचा, मैं अब जा रहा हूँ।''

''अरे, इतनी जल्दी? दो-एक दिन तो ठहरो, बेटा!''

''नहीं, मुझे ज़रूरी काम है।''

डिप्टी साहब के बहुत आग्रह करने पर भी जब मैं अपनी बात पर अड़ा रहा, तब मेरे जाने की सूचना देने स्वयं घर गए। नाज़िर मुंशी अकेले रह गए, मैंने उनके कंधे पर हाथ रखकर कहा, ''नाज़िर मुंशी!''

चौंककर नाज़िर मुंशी पीछे हटे। हाथ जोड़कर वे मेरे सामने खड़े हो गए, ''कहिए हुज़ूर!''

नाज़िर मुंशी के इस व्यवहार ने मेरी आत्मा पर गहरा प्रहार किया। संभलते हुए मैंने कहा, ''नाज़िर मुंशी! हम लोगों ने तुम्हारा काफी अपमान किया है।''

मेरी बात काटते हुए नाज़िर मुंशी ने कहा, ''कैसा अपमान हुजूर? मैं आप लोगों का गुलाम हूँ!''

उस समय मैंने देखा कि नाज़िर मुंशी की आत्मा मर चुकी है। दिल में एक ठेस-सी लगी। मैंने देखा कि मेरा एक सुन्दर सपना टूटता जा रहा है। मैंने एक प्रयत्न फिर किया, उस सपने को बचाने का। मैंने कहा, ''नाज़िर मुंशी, तुम हमारे रिश्तेदार हो, हमारे बुजुर्ग हो। क्या तुम्हें हम लोगों का व्यवहार अपमानजनक नहीं लगा?''

नाज़िर मुंशी ने दांत निकाल दिए, ''हुजूर क्या कहते हैं? मैं तो आप लोगों का खिदमतगार हूँ। आप लोग बड़े आदमी हैं, भला मैं आप लोगों की बराबरी कैसे कर सकता हूँ?''

उस समय मेरे सामने धन का पिशाच अपनी सारी पाशविकता, कुरूपता तथा शक्ति के साथ खड़ा हो गया। उस समय मैंने देखा कि जिसे हम मनुष्यता कहते हैं, वह धन के पिशाच के पैर पर झुकी हुई उसकी पूजा कर रही है। मैं एकाएक सिहर उठा।

डिप्टी साहब लौट आए। आते ही उन्होंने नाज़िर मुंशी से कहा, ''नाज़िर मुंशी, भैया के ड्राइवर को बुला दो और भैया के सामान को ठीक तरह से रखवा दो!''

''अभी सब हुआ जाता है, हुजूर!'' इतना कहकर नाज़िर मुंशी वहां से चलने के लिए घूमे।

उस समय तक मैं अपने आप में आ गया था या अपना आपा मैं पूरी तरह से खो चुका था। मैंने नाज़िर मुंशी को बुलाकर कहा, ''नहीं, मेरा सामान सब ठीक है। आपको तकलीफ करने की कोई ज़रूरत नहीं।'' फिर मैंने डिप्टी साहब से कहा, ''चाचा, मेरी आपसे एक प्रार्थना है, इस समय मेरे पास रुपया नहीं हैं, इसलिए आप मेरी तरफ से नाज़िर मुंशी को एक हज़ार रुपया देकर कह दें कि वे फिर कभी आपके यहां न आवें। रुपया मैं घर पहुंचते ही आपको भिजवा दूंगा।'' यह कहकर मैं वहां से तेज़ी के साथ चला आया।

यदि डिप्टी साहब ने मुझे पागल समझा, तो कोई आश्चर्य की बात नहीं क्योंकि वे सदा मुझे पागल समझते रहे हैं, पर नाज़िर मुंशी ने भी मुझे पागल

समझा और नाज़िर मुंशी ने ही क्यों, मैं स्वयं अपने को पागल समझ रहा हूँ। आखिर उस दिन मैंने यह सब क्यों कह डाला? हम सब नाज़िर मुंशी हैं, हम सब धन के गुलाम हैं। हम सबकी आत्मा को धन के पिशाच ने अपने पैरों के नीचे कुचल रखा है। नाज़िर मुंशी में तो संसृति का एक बहुत ही साधारण नियम प्रदर्शित था। हां, इतना कह सकता हूँ कि वह नियम कुरूप और भयानक है।

आवारे

कुछ लोग दार्शनिक होते है, कुछ लोग दार्शनिक दिखते हैं, यह ज़रूरी नहीं कि जो दार्शनिक हो वह दार्शनिक न दिखे, या जो दार्शनिक दिखे वह दार्शनिक ही हो, लेकिन आमतौर से होता है यही है कि जो दार्शनिक होता है वह दार्शनिक दिखता नहीं है, और जो दार्शनिक दिखता है, वह दार्शनिक होता नहीं है।

रामगोपाल जिस समय बम्बई नगर के दादर मुहल्ले के एक ईरानी होटल में गरमी की दोपहर में बिजली के पंखे के नीचे एक प्याला चाय के साथ पावरोटी का एक टुकड़ा गले के नीचे उतारकर अपनी भूख शान्त करने की कोशिश कर रहा था, उस समय एक अच्छा-खासा दार्शनिक दिख रहा था। बाल बिखरे हुए, माथे पर शिकन, आँखों में चिन्ता की झलक और बैठने में एक विवशता से भरी लापरवाही। लेकिन अगर कोई उस समय रामगोपाल से कह देता कि वह दार्शनिक है तो यकीनी तौर से झुंझलाहट के साथ वह यही कहता, ''आपकी बला से!'' और फिर वह बिना दूसरा शब्द कहे अपने काम पर जुट जाता।

पावरोटी को गले के नीचे उतारने में रामगोपाल को मेहनत करनी पड़ रही थी, और शायद सुस्ताने के ख्याल से उसने अपना पर्स निकाला। दस-दस रुपये के पन्द्रह नोट, गिलट के सात रुपये और एक अठन्नी और तीन इकन्नियां—इतनी जमा पूंजी अभी उस पर्स में मौजूद थी। इसके अलावा कुछ सिफारिशी चिट्ठियां, जिन्हें निर्दिष्ट स्थान पर पहुंचाने के लिए उसने बम्बई के कई फिल्म स्टूडियो के दर्जनों चक्कर लगाए थे, लेकिन फाटक के पठान दरबानों ने उसे किसी हालत में अन्दर न घुसने दिया और इसलिए अभी तक वे चिड़ियां उन स्थानों में न पहुंच सकी; कुछ पते जो उसने रास्ते चलते हुए कुछ महत्त्वपूर्ण आदमियों की मुलाकात की यादगार में दर्ज कर लिए थे, और छपे हुए करीब दस-बारह विज़िटिंग कार्ड!

रामगोपाल ने अपने पर्स की हर चीज़ को निकाला। जो गिनने की थीं उन्हें

गिना, जो देखने की थीं, उन्हें देखा, और जिन पर उसे सोचना था उन पर सोचना भी आरम्भ कर दिया।

लेकिन सोचने का अभ्यास न होने के कारण उसने पर्स अपनी जेब के हवाले करके फिर पावरोटी को गले के नीचे उतारने की कोशिश प्रारम्भ कर दी।

''अरे, यह तो रामगोपाल मालूम होते हैं।''

''हम लोगों को क्यों देखेंगे—अकेले-अकेले चाय पी रहे हैं।''

रामगोपाल ने घूमकर देखा, सिंह और पांडे रामगोपाल की मेज़ की ही तरफ बढ़ रहे थे। रामगोपाल को मुस्कराना पड़ा, ''आओ भाई!'' और फिर कहकर उसने होटल के ब्बाय को आवाज़ दी, ''दो प्याले चाय!''

''कहो भाई, बहुत दिनों से दिखे नहीं, कहो, कोई काम-वाम मिल गया है क्या?'' बैठते हुए सिंह ने पूछा।

''नहीं यार, अभी तक तो नहीं मिला, लेकिन उम्मीद पूरी है।'' रामगोपाल ने ज़रा रुककर कहा, ''वहाशमा कम्पनी के डायरेक्टर को जानते हो—अरे, वही मिस्टर कमानी! कल शाम को उनसे मुलाकात हो गई थी—बड़े तपाक के साथ मिले। गले में हाथ डाल दिया। बोले, 'तुम्हें अगली पिक्चर में विलेन का काम दूंगा।' वादा कर लिया है!''

पांडे हँस पड़ा, ''तुम्हें विलेन और मुझे हीरो! मुझसे भी वायदा किया था।''

रामगोपाल चौंक पड़ा। उसे बड़ी आसानी से विलेन का पार्ट मिल सकता है। यही नहीं, अगर कोई समझदार डायरेक्टर हो तो वह हीरो भी बना सकता है—इसका उसे पूरा यकीन था। लेकिन पांडे को जो आदमी हीरो बनाने को सोचे, वह या तो पागल है या मज़ाक कर रहा है। उसने पांडे को फिर एक दफा गौर से देखकर कहा, ''तुम्हें हीरो बनाने का वादा किया है—सच कह रहे हो?''

''अरे, छोड़ो भी, गए हुए लोगों के वादों पर लड़ना-झगड़ना बेकार है!'' सिंह ने इन दोनों की बात अधिक न बढ़े इसलिए कहा।

रामगोपाल का चेहरा उतर गया। सिंह की बात में तथ्य है, इस बात को उसने महसूस किया, एक बंधती हुई उम्मीद टूट गई।

पांडे ने रामगोपाल के चेहरे की निराशा देख ली, उसने ज़रा मुलायमियत के साथ कहा, ''इतना अफसोस करने की ज़रूरत नहीं। मुझे देखो, बम्बई आए दो साल हो गए हैं, लेकिन अभी तक सफलता नहीं मिली। पड़ा हूँ, बस उम्मीद पर...।''

रामगोपाल ने एक ठंडी सांस ली, ''कब तक—कब तक इस तरह चलेगा?

पास की रकम करीब-करीब खत्म हो चुकी है, होटलवाले का बिल चढ़ रहा है—समझ में नहीं आता, क्या करूं!''

पांडे ने कहा, ''अगर तुम मेरी सलाह मानो तो होटल छोड़ दो और एक कमरा किराये पर ले लो। जब तक कमरा न मिले, तुम मेरे कमरे में रह सकते हो—अभी चार आदमी है, तब पांच हो जाएंगे। वहां जी लग जाएगा, खर्च की बचत हो जाएगी।''

रामगोपाल ने कुछ सोचा, ''यार, कहते तो ठीक हो। अभी होटल का तीन रुपया दे रहा हूँ—नब्बे रुपये महीने की बचत बहुत काफी होती है।''

''नब्बे की नहीं, बल्कि अस्सी की, क्योंकि पांडे के कमरे में रहने पर तुम्हारा हिस्सा दस रुपया महीना आवेगा।''

''अस्सी ही क्या कम हैं!'' रामगोपाल ने मुस्कराते हुए कहा। दिन-भर के बाद उसके मुख पर यह पहली मुस्कराहट थी।

पांडे का पूरा नाम था शिवशंकर पांडे। लखनऊ से बी.ए. पास करने के बाद जब उसके पिता एक ज़मींदार लड़की के साथ दस हज़ार के लम्बे दहेज पर उसकी शादी तै करा रहे थे, वह बिना कहे-सुने एक दिन बम्बई के लिए रवाना हो गया, इसलिए कि वह लड़की जिसके साथ उसकी शादी तै कराई जा रही थी, गंवार होने के साथ-साथ बदशक्ल भी थी। पांडे ने फिल्में काफी देखी थीं; और फिल्मों की सुन्दरियों को देखकर उसका दिल बल्लियों उछल पड़ता था। एक बार वह इन सुन्दरियों से मिलकर उनमें से किसी एक को अपनाकर अपने जीवन को सुखमय बनाने का प्रयत्न करना चाहता था। पांडे देखने-सुनने में बुरा नहीं था, पैसे की भी उसके पिता के पास कोई खास कमी नहीं थी, और अपने निजी योग्यता तथा प्रतिभा पर उसे विश्वास था।

बम्बई आकर धीरे-धीरे उसे निराशाओं का सामना करना पड़ा और प्रत्येक निराशा के साथ उसका जोश ठंडा पड़ने लगा। न उसे प्रेमिका मिली और न उसे प्रतिभा और योग्यता के प्रदर्शन का मौका मिला। पास की रकम घटने लगी—पिता ने अधिक रुपया देने से इन्कार कर दिया, इस उम्मीद पर कि हार कर पांडे को घर आना ही पड़ेगा। पर पिता शायद अपने पुत्र के ज़िद्दी स्वभाव को नहीं जानते थे। कदम उठाकर पीछे नहीं पड़ता—सूरमा आगे बढ़ेगा, नहीं तो मोर्चे पर खड़ा होकर अपनी जान दे देगा। पांडे भी कुछ ऐसे ही विचारों का था। बहुत दौड़-धूप

करने पर एक फिल्म कम्पनी में एक्स्ट्रा का काम मिल भी गया था, गोकि पैसे बहुत कम मिले थे, लिहाज़ा खर्च पूरा करने के लिए पांडे ने अपने कमरे में किरायेदारों को बसा लिया था।

सिंह का पूरा नाम था जसवंत सिंह और वह आगरा ज़िले का रहनेवाला था। सिंह को गाने का बड़ा शौक था, और उससे अधिक उसके आगरावाले मित्रों को विश्वास था कि अगर वह किसी फिल्म कम्पनी में पहुंच जाए तो उसकी प्रतिभा चमक उठेगी और उसका भाग्य खुल जाएगा। रोज़-रोज़ मित्रों की राय सुनते-सुनते सिंह की भी कुछ ऐसी ही राय हो गई थी। बाईस-तेईस साल का नवयुवक, दुनिया का उसे तजुर्बा न था। मित्रों ने दम-दिलासा देकर उसे बम्बई लाद दिया। लेकिन बम्बई आकर उसने देखा कि यहां हर जगह सिफारिश चलती है। कई जगह गया, अपने गाने सुनाए, लोगों ने उसकी तारीफ की, लेकिन फिल्म कम्पनी में जो काम न मिला सो न मिला। हां, एक-आध ट्यूशन उसे ज़रूर मिल गए और इस उम्मीद पर कि निकट भविष्य में उसे काम ज़रूर मिलेगा, उसे ट्यूशन से ही संतोष करना पड़ा। सिंह घर का खुशहाल न था। एक दिन जब वह एक फिल्म कम्पनी के दरबान से गिड़गिड़ाकर भीतर घुसने का प्रयत्न कर रहा था, उसकी मुलाकात पांडे से हो गई। पांडे ने उसकी कहानी सुनी। कहानी सुनकर उसे दया आई। उसने फुटपाथ पर या बरामदों में सोनेवाले उस युवक को अपने कमरे में आश्रय दे दिया। बाद में सिंह को कुछ काम-काज मिला, तब सिंह पांडे के कमरे के किराये का एक भाग देने लगा।

रामगोपाल को साथ लेकर जब पांडे और सिंह कमरे में पहुंचे, उस समय मिस्टर परमेश्वरीदयाल वर्मा अपनी हजामत बना रहे थे। एक ट्रंक और एक बिस्तर के साथ एक नए आदमी का कमरे में प्रवेश देखकर मिस्टर वर्मा चौंके! घूरकर उन्होंने रामगोपाल को देखा। पांडे ने उसी समय मिस्टर वर्मा से रामगोपाल का परिचय कराया, ''यह हैं मिस्टर रामगोपाल—आज से हम लोगों के साथ रहेंगे। आपके किराये का हिस्सा साढ़े बारह रुपये से घटकर दस रुपये रह गया।'' लेकिन ढाई रुपये की बचत से मिस्टर वर्मा को कोई खास प्रसन्नता न हुई। उनका ख्याल था कि एक कमरे में सिर्फ एक आदमी रहना चाहिए, ज़रूरत के वक्त दो रह सकते हैं, मजबूरी से तीन, और जब गले आ पड़े तब चार!

उन्होंने गम्भीरतापूर्वक कहा, ''एक कमरे में पांच आदमी—नान्सेंस! मैं किसी हालत में बर्दाश्त नहीं कर सकता।''

''तो फिर आप यह कमरा छोड़ सकते हैं!'' सिंह ने ज़रा रुखाई से कहा।

‘‘आप कौन होते हैं हमारे बीच में बोलने वाले! कमरा पांडे का है। इन्हें जो कुछ कहना हो कहें।’’

‘‘मैं बोलनेवाला इसलिए होता हूँ कि मैं भी कमरे का किराया देता हूँ, हर महीना! आपकी तरह नहीं कि तीन महीने से ‘आजकल-आजकल’ में टरका रहे हैं।’’

‘‘तो इसमें तुम्हारे बाप का क्या जाता है? नहीं है इसलिए नहीं देता, होगा तो एक-एक पैसा पांडे के पास पहुंच जाएगा।’’

इस बात में बाप का घसीटा जाना सिंह को अच्छा नहीं लगा। उसने अपनी चप्पल उतारी, ‘‘क्या कहा बे, सुअर कहीं का! मेरे बाप का फिर से तो नाम ले...।’’

पांडे ने सिंह का हाथ पकड़कर बीच-बचाव किया। मिस्टर वर्मा शांत भाव से दाढ़ी बनाते रहे।

मिस्टर वर्मा तीस साल के कद्दावर-से आदमी थे। करीब पांच साल पहले बम्बई आए थे एक अंगरेजी कम्पनी के असिस्टेंट मैनेजर होकर। यारबास आदमी थे—किसी कदर दबंग थे। एक दिन उन्होंने और उनके अंग्रेज़ मैनेजर ने साथ-साथ पी, और जी खोलकर पी। पीने के बाद उनमें और उनके मैनेजर में बातचीत आरम्भ हुई, बातचीत ने वाद-विवाद का रूप धारण कर लिया, और वाद-विवाद ने जूते-लात का! मिस्टर वर्मा हाथ-पैर में अपने मैनेजर से तगड़े थे, उन्होंने मैनेजर को अधमरा कर दिया। दूसरे दिन वे नौकरी से बरखास्तकर दिए गए।

नौकरी से निकाले जाने के बाद मिस्टर वर्मा को यह अनुभव हुआ कि नौकरी के माने होते हैं गुलामी—और उनमें कुछ राजनीतिक चेतना भी जाग्रत हुई। जो कुछ रकम उनके पास थीं, उसे बीवी-बच्चों को देकर उन्होंने अपने देश रवाना किया, अकेले वे व्यापार करने के लिए बम्बई में रह गए। फोर्ट एरिया में अपने एक मुलाकाती के दफ्तर में उन्होंने एक मेज़ डलवा ली और कमीशन ऐजेन्सी का कारबार शुरू कर दिया। पास की सारी रकम उन्होंने बीवी के हवाले कर दी। अपनी हैसियत बनाए रखकर ही वे कारबार चला सकते थे, और हैसियत के माने होते हैं—अच्छा सूट, कीमती सिगरेट और मौके-बेमौके टैक्सी की सवारी। लिहाजा हैसियत बनाए रखने के लिए उन्हें खाने और रहने की किफायत करनी पड़ी। पांडे के साथ रहने लगे। कारबार शुरू किए हुए उन्हें अभी कुल छः महीने हुए थे—और अब जाकर कहीं उन्हें इतना मिलने लगा था कि कर्ज़ लेकर काम न चलाना पड़े।

शेव करके मिस्टर वर्मा ने एक अच्छा-सा रेशमी सूट निकाला। सूट पहनते हुए उन्होंने कहा, "सिंह, कल जो मेरी टाई ले गए थे, वह कहां है?"

"वहीं तुम्हारी खूंटी पर टांग दी थी।" सिंह ने, जो उस समय एक जासूसी उपन्यास पढ़ने में व्यस्त हो गया था, बिना मिस्टर वर्मा की ओर देखे उत्तर दिया।"

"तुमने मुझे क्यों नहीं वापस की? ज़रूरत के वक्त तो गिड़गिड़ाकर मांग ले जाते हैं और फिर नवाब साहब की तरह चीज़ फेंक देते हैं—कमीने कहीं के!"

सिंह पढ़ने में इतना व्यस्त था कि उसने मिस्टर वर्मा को उत्तर देने की आवश्यकता नहीं समझी।

सिंह के मौन से मिस्टर वर्मा का पारा और भी चढ़ गया, "इन सालों से इतना कहा कि अगर तुम्हारे पास नहीं है तो मत पहनो, लेकिन जब शराफत हो तब मांगेंगे—नहीं दोगे तो आँख बचाकर उठा ले जाएंगे—अगर अब की दफ़े यह हरकत हुई तो मैं कहे देता हूँ कि ठीक न होगा!"

"क्या ठीक न होगा?" एक कर्कश आवाज़ ने कहा।

मिस्टर वर्मा ने घूमकर देखा कि छबीलदास गुप्ता कमरे के दरवाज़े पर तने खड़े हैं—सिंह का सूट और वर्मा की टाई डाले हुए।

"मुझसे बिना पूछे मेरी टाई क्यों ली?" कड़ककर वर्मा ने कहा।

"तबीयत!" मुंह बनाते हुए गुप्ता ने जवाब दिया।

हद हो गई अब मिस्टर वर्मा से नहीं रहा गया। लपककर उन्होंने छबीलदास का गला पकड़ा, "तो फिर मेरी भी तबीयत यह है कि आज तुम्हारी अच्छी तरह मरम्मत कर दूं।"

"हां-हां, यह गज़ब मत करना!" सिंह डिटेक्टिव नावेल छोड़कर बीच-बचाव करने दौड़ा, इस डर से कि कहीं इस हाथापाई में उसका सूट न फट जाए।

छबीलदास ने टाई गले से उतारकर वर्मा को दे दी और मिस्टर वर्मा सजधज कर तैयार हो गए। अपने ट्रंक से उन्होंने स्टेट एक्सप्रेस का एक टिन निकाला और दस सिगरेट जो वास्तव में स्टेट एक्सप्रेस थीं, उन्होंने एक ओर हटाकर, बाकी नम्बर टेन सिगरेटों में से एक-एक उन्होंने कमरे में सब लोगों को दीं। इसके बाद वे अपने कारबार के लिए रवाना हो गए।

छबीलदास टाई के हाथ से निकल जाने पर उदास हो गए थे। उस दिन उनका भाग्य खुलने वाला था। बात यह थी कि पिछले दिनों उन्हें सुशीला का पत्र मिला था और सुशीला ने उन्हें दूसरे दिन सुबह के समय अपने यहां मिलने के लिए बुलाया था। सुशीला छबीलदास के नगर बनारस की वेश्या की पुत्री थी।

छबीलदास अचानक एक दिन उसके प्रेम में पड़ गए। उन दिनों छबीलदास हिन्दू विश्वविद्यालय में एम.ए. में पढ़ते थे। उत्साही नवयुवक थे, राजनीतिक अभिरुचि के थे। कांग्रेस के पक्के कार्यकर्ता थे। विश्वविद्यालय में उनके व्याख्यानों की, उनके चरित्रबल की, उनके व्यक्तित्व की धाक थी।

सुशीला की माता ने सुशीला को उच्च शिक्षा दिलाई। मैट्रिकुलेशन पास करके वह भी विश्वविद्यालय में भरती हुई थी। लेकिन सुशीला की मां की संगनि-साथियों ने, उसके मेल-मुलाकातियों ने उसे समझाना शुरू किया कि वेश्या की लड़की को समाज में कोई स्थान नहीं मिलेगा। ऐसी हालत में उसे उच्च शिक्षा देना उसकी ज़िन्दगी बरबाद कर देना था, और धीरे-धीरे सुशीला की माता को यह विश्वास होने लगा था कि सुशीला को कालेज से हटाकर उसे पेशे में लगा देने में ही सुशीला का कल्याण है। सुशीला को इन बातों की भनक पड़ गई थी और लगातार कई दिनों तक इस नई समस्या पर सोच-विचार के बाद सुशीला इस निर्णय पर पहुंची कि उसी दिन शाम को उसे किसी योग्य समझदार और नेक आदमी की सलाह लेनी चाहिए। उसी दिन छबीलदास का एक महत्त्वपूर्ण व्याख्यान राजनीति और समाज पर हुआ था और उस व्याख्यान से सुशीला प्रभावित हुई थी।

हिम्मत करके सुशीला ने छबीलदास को अपनी दास्तान सुनाई और उसकी सलाह मांगी। सत्याग्रही किस्म के युवक छबीलदास ने सुशीला को दृढ़ता, चरित्र और सत्य पर कुर्बान हो जाने का सन्देश दिया। सुशीला को ऐसा लगा मानो उसे एक पथ-प्रदर्शक, एक देवता, एक आराध्य मिल गया।

सुशीला और छबीलदास की दोस्ती बढ़ी, और वह दोस्ती लोगों की नज़र में खटकी। इस दोस्ती की चर्चा छबीलदास के चाचा लाला मलूकदास के कानों तक पहुंची। लाला मलूकदास की चौक में परचून की एक बहुत बड़ी दुकान थी और उनकी गणना नाकवालों में होती थी। उन्होंने इस विषय पर छबीलदास से जिरह-बहस की और जिरह-बहस के बाद इस नतीजे पर पहुंचे कि अगर जल्दी ही रोक-थाम नहीं की जाती तो लड़का वेश्या की लड़की से शादी करके सारे घर की नाक कटवा देगा। उन्होंने बलिया जाकर जहां उनके बड़े भाई, छबीलदास के पिता, साह बुलाकीदास रहते थे, इस मामले में बातचीत की। साह बुलाकीदास बलिया ज़िला के महाजन, ज़मींदार, और न जाने क्या-क्या थे। उन्होंने बीमारी का तार देकर छबीलदास को घर बुलाया और उसके हाथ-पैर बांधकर ज़बर्दस्ती उसकी शादी पास के एक ज़मींदार की लड़की से करा दी। दहेज में रुपये-पैसे,

चीज़ वस्तु के साथ छबीलदास के ससुर ने, जिनके डाकू होने का लोगों को शक था, छबीलदास को एक धमकी भी दी कि अगर भविष्य में छबीलदास और सुशीला के सम्बन्ध में कोई शिकायत सुनी गई तो बनारस के बीच चौक में छबीलदास की जूतों से मरम्मत की जाएगी।

छबीलदास के चाचा को शायद इस बात का पता नहीं था कि कांग्रेस का सत्याग्रही कार्यकर्ता बला का ज़िद्दी होता हैं। एक तो छबीलदास इस ज़बर्दस्ती वाली शादी से नाराज़ था, उस पर ससुर के इस नई किस्म के दहेज ने आग में घी का काम किया।

बनारस लौटने पर छबीलदास को सुशीला ने बतलाया कि अब उसकी मां बिना उससे पेशा कराए न मानेगी। छबीलदास ने सुशीला को अपनी कहानी सुनाई दोनों में तय हुआ कि बम्बई चला जाय। मोरारजी देसाई, कन्हैयालाल मुंशी आदि बड़े-बड़े नेता वहां पर हैं ही, उन नेताओं के आश्रय में रहकर दोनों देश का काम करेंगें। उसी रात दोनों बम्बई के लिए रवाना हो गए।

बम्बई जाने पर सुशीला और छबीलदास दोनों को यह पता चला कि वास्तविकता कल्पना से कहीं अधिक कुरूप होती हैं। बड़े-बड़े नेताओं के पास इतना समय नहीं था कि इन लोगों से मिलें, छोटे नेताओं ने दर-परदा छबील को ठुकराकर सुशीला को हथियाने की कोशिश की। और एक दिन छबीलदास को पता चला कि सुशीला एक करोड़पति सेठ के यहां, जो कांग्रेस का एक मोटा कार्यकर्ता था, बैठ गई।

और जिस दिन सुशीला उसके यहां से चली गई उस दिन छबीलदास को पता चला कि वह सुशीला से बहुत अधिक प्रेम करने लगा था। सुशीला के इस प्रकार करोड़पति के रुपयों के लोभ में पड़कर उनके प्रेम को ठुकरा देने से छबीलदास के हृदय को एक गहरी ठेस लगी। उसने चार-छह बार सुशीला से मिलने की कोशिश की, लेकिन सुशीला ने कोई न कोई बहाना बनाकर मिलने से इनकार कर दिया। उसने सुशीला को कई पत्र लिखे लेकिन उसे किसी भी पत्र का उत्तर न मिला। उसे कांग्रेसी नेताओं से गहरी घृणा हो गई। एक बार सुशीला से मिलकर वह बतला देना चाहता था कि किस प्रकार उसने उसकी ज़िन्दगी को बरबाद कर दिया। घर जाने की हिम्मत न होती थी, क्योंकि डाकू श्वसुर की खौफनाक मूर्ति उसकी आँखों के आगे नाच उठती थी। पागल-सा वह बम्बई की सड़कों की धूल छानता फिरता था।

एक दिन सिंह उसी पार्क में सोया था, जिसमें छबीलदास सो रहा था।

माली ने जब रात के समय दोनों को पार्क से निकाला, तब इन दोनों का परिचय हुआ। सिंह ने पाण्डे के यहां जगह पाकर छबीलदास को भी अपने साथ बुला लिया। इसके बाद छबीलदास ने एक दफ्तर में क्लर्की कर ली।

“कहो भाई मुलाकात, हुई?” पाण्डे ने पूछा।

“हुई भी, नहीं भी हुई।” छबीलदास ने सिगरेट का एक गहरा कश खींचकर उत्तर दिया।

“यह तो पहेली बुझा रहे हो!” सिंह हँस पड़ा।

“बात यह है कि जब मैंने उसके मकान में घंटी बजाई तो वह दरवाज़े पर खुद आई मुझे देखते ही चौंक उठी, बहुत धीमे स्वर में उसने कहा, ‘अभी ज़रा दो-एक आदमियों से कुछ ज़रूरी बातें हो रही हैं, शाम को पांच-साढ़े पांच बजे के बीच में चर्चगेट स्टेशन पर मिलना’।”

शाम के समय छबीलदास चर्च गेट पहुंचा। सुशीला वहां पहले से ही मौजूद थी, उस समय वह बनारसी सिल्क की एक साड़ी पहने थी, शरीर पर गहने लदे थे, पर उसका चेहरा उतरा हुआ था और उसकी आँखें लाल थीं—मानों दिन-भर वह रोती रही हो। छबीलदास को देखते ही वह फूट पड़ी। उसने कहा, “छबील! मैं लुट गई”

सुशीला के आंसू देखकर छबीलदास एक बार पिघल गया। उस समय वह भूल गया कि उसके सामने खड़ी स्त्री ने उसे धोखा दिया था। उसने कहा, “क्या बात है इतना अधीर होने की कोई बात नहीं...मैं हूँ। बतलाओ तो क्या हुआ?”

“हीरालाल ने (उस सेठ का नाम था) मेरे जाली दस्तखत बनाकर बैंक से सब रुपये निकाल लिए—उसका दिवाला निकल गया है। मकान का किराया तीन महीने से नहीं दिया गया है, मकान वाले का नोटिस आया है। मेरी समझ में नहीं आता कि क्या करूं!”

“मकान का कितना किराया है?” छबीलदास ने पूछा।

“डेढ़ सौ रुपये महीना—साढ़े चार सौ देने हैं। पास में एक पैसा नहीं है।” यह कहकर सुशीला ने सोने की एक अंगूठी निकालकर छबीलदास को दी, “कल के लिए घर में अनाज नहीं है—इसे बेचकर कल कुछ रुपया ला देना।”

छबीलदास के नेत्रों में करुणा छलछला पड़ी, उसने कहा, “सुशीला, मुझे अफसोस है कि मेरे पास रुपये नहीं हैं और तुम्हें यह दिन देखना पड़ा कि गहने बेचो—भगवान की जैसी मरजी! कल सुबह मैं रुपये ले आऊंगा।”

छबीलदास सुशीला को एक पास के होटल में ले गया। वह कितना खुश था—एक साल बाद सुशीला उसके पास लौट आई थी। उस समय सुशीला के प्रति उसका क्रोध, उसके प्रतिकर्मों के प्रति उसकी घृणा—वह सब लोप हो चुके थे।

छबीलदास की जेब में जो ग्यारह आने पैसे थे, उनका ईरानी होटल में जैसा-तैसा नाश्ता करके छबीलदास ने सुशीला से बिदा दी। वह खुद बिना टिकट गाड़ी पर बैठकर घर आया।

जिस समय छबीलदास घर लौटा, वह प्रसन्न भी था, चिन्तित भी था। उस समय कमरे में मिस्टर वर्मा बिस्तर पर लेटे हुए सुस्ता रहे थे और रामगोपाल एक उपन्यास पढ़कर समय काटने की कोशिश कर रहा था। सिंह और पांडे भोजन करने होटल चले गए थे।

सुशीला की अंगूठी बिके और वह भी छबीलदास के हाथों—छबीलदास का हृदय रो रहा था। आज उसे अपनी गरीबी, विवशता—यह सब बुरी तरह अखर रही थी। उसने वर्मा के चेहरे को देखा—शान्त गम्भीर, निश्चिन्त। उसकी हिम्मत बढ़ी, ''वर्मा, कुछ बिजनेस बढ़ा?''

वर्मा ने सिगरेट का धुआं छोड़ते हुए कहा, ''बढ़ेगा क्यों नहीं! आज पार्टी फंसी है—एक सौदे में करीब दो हज़ार मिल जाएंगे।''

छबीलदास के हृदय की गति थोड़ी-सी तेज़ हुई, ''यार पचीस रुपये की सख्त ज़रूरत है— अगले हफ्ते वापस कर दूंगा।''

वर्मा ने छबीलदास को गौर से देखा। मौन भाव से छबीलदास को उसी तरह कुछ देर देखते रहे। छबीलदास का हृदय आज जोरों के साथ धड़कने लगा था। वर्मा ने आखिर अपनी खामोशी तोड़ी, ''पचीस रुपये! ऐसी क्या ज़रूरत आ पड़ी?''

छबीलदास की आशा और बढ़ी। ''भाई, जीवन-मरण का प्रश्न है कल सुबह तक पचीस रूपये किसी भी तरह मुझे चाहिए ही।''

वर्मा ने उसी प्रकार गम्भीरता से उत्तर दिया, ''जीवन मरण का प्रश्न है—तब तो तुम्हें किसी न किसी प्रकार रुपयों का इन्तज़ाम करना ही होगा। मेरे पास तो इस समय एक पैसा नहीं है और अगर एक हफ्ता ठहर सकते तो पचीस-पचास-सौ जितना मांगते दे सकता था।''

छबीलदास को ऐसा लगा मानो उसका हृदय बैठा जा रहा है। वह अपने दिल को संभालने में व्यस्त हो गया और वर्मा कह रहे थे, ''देखो, मुझे कल पन्द्रह

रुपये की सख्त ज़रूरत है। एक सेठ को मैंने लंच के लिए बुलाया है—उससे बहुत बिज़नेस की उम्मीद है। पचीस रुपये का तुम्हें इन्तजाम करना ही है, क्योंकि यह तुम्हारे जीवन-मरण का प्रश्न है, तो जैसे पचीस वैसे चालीस। कल सुबह पन्द्रह रुपये दे देना—एक हफ्ते में मैं तुम्हें पन्द्रह की जगह डेढ़ सौ रुपये वापस कर दूंगा।''

वर्मा की यह बात सुनकर रामगोपाल ठहाका मारकर हँस पड़ा।

वर्मा ने रामगोपाल के हँसने पर कोई ध्यान नहीं दिया। छबीलदास रामगोपाल की ओर घूमा। ''आपका परिचय?'' छबीलदास ने पूछा।

छबीलदास से रामगोपाल का कोई परिचय न कराया गया था क्योंकि छबीलदास उस दिन सुबह से ही अपने मामलों में बुरी तरह उलझा हुआ था।

''जी—मैं भी इसी कमरे में आज से रहने लगा हूँ—और आपका पड़ोसी हुआ। मैंने पांडे जी से आपकी दास्तान सुनी—काफी दिलचस्प थी।''

''आपकी बला से!'' छबीलदास ने रुखाई से उत्तर दिया।

छबीलदास की रुखाई का रामगोपाल पर कोई खास असर नहीं पड़ा। इस समय वह छबीलदास से मित्रता बढ़ाने की कोशिश कर रहा था।

रामगोपाल सुलझे हुए दिमाग का आदमी था। एक साधारण कुल में बहुत बड़ी आकांक्षाएं लेकर वह पैदा हुआ था, और उसके जीवन में नेकी, सत्य, ईमानदारी, यह सब उनकी सुविधाओं पर अवलिम्बत थे। शायद इतना अधिक महत्त्वाकांक्षी और अवसरवादी होने के कारण वह आज तक न अपना कोई मित्र बना सका था और न कहीं टिक ही सका था, उसके रिश्तेदार उससे घबराते थे। जो स्पष्टवक्ता थे और निर्भीक थे, उन्होंने साफ-साफ उससे उनके घर में न आने को कह दिया था और जो शरीफ और मुहब्बतवाले थे वे ऐसी परिस्थिति पैदा कर देते थे कि रामगोपाल को ज़बदस्ती उनका घर छोड़ना पड़े।

ऐसा नहीं कि रामगोपाल को घर में पैसे की कोई तंगी रही हो। उसके पिता ने उसे नौकरी कर लेने को बहुत ज़ोर दिया, मैट्रिकुलेशन पास रामगोपाल के लिए सौ-सवा सौ की नौकरी बड़ी बात नहीं थी, लेकिन रामगोपाल की निगाह लाखों पर थी। उसने सुन रखा था कि सिनेमा लाइन एक ऐसी लाइन है जहां आदमी आसानी से लखपति या करोड़पति बन सकता है और इसलिए पिता से अनुनय-विनय करके तथा एक बड़ी रकम लेकर वह बम्बई के लिए रवाना हो गया था।

बम्बई में काफी चक्कर काटने के बाद एक बात उसकी समझ में और

आई। अगर किसी युवक के साथ एक सुन्दर स्त्री है तो उसे आसानी से सफलता प्राप्त हो सकती है, लेकिन रामगोपाल को ऐसी सुन्दर स्त्री कहां से मिलती!

और आज छबीलदास की कहानी सुनकर एकाएक उसके दिमाग में एक बात आई—'क्या भगवान ने मुझे अनायास इस कमरे में इन लोगों के साथ मेरी सहायता करने के लिए भेज दिया है?'

रामगोपाल ने कहा, ''अजीब दुनिया है! दूसरों से हमदर्दी करो, उनकी सहायता करने की सोचो—लेकिन लोग इन्सानियत से बात तक नहीं करते—जाने दीजिए, गलती हो गई।''

तीर निशाने पर पड़ा, छबीलदास रामगोपाल के बिस्तर पर बैठ गया, ''माफ कीजिएगा!—बात यह है कि तबीयत अजीब उलझन में है और वर्मा साहब जिस बेहूदेपन से पेश आए, उससे दिमाग का पारा एकाएक बहुत चढ़ गया था।''

''खैर, कोई बात नहीं। तो अगर आप बुरा न मानें तो एक बात पूछूं।''

''हां, हां!''

''सुशीला ने क्यों बुलाया था? क्या किसी मुसीबत में है?''

छबीलदास ने कहा, ''हां, बहुत बड़ी मुसीबत में है। उस सेठ ने उसे छोड़ दिया है। घर में खाने के लिए पैसा नहीं है।'' यह कहकर उसने सुशीला की अंगूठी निकाली, ''उसने यह अंगूठी बेचने को दी है, लेकिन मैं अंगूठी बेचना नहीं चाहता।''

''अंगूठी बेचना तो बुरा होगा।''

''लेकिन मैं क्या करूं! मेरे पास रुपये नहीं हैं।'' छबीलदास ने ज़रा रुककर कहा, ''अगर तुम मुझे पचीस रुपये उधार दे सको तो मेरी इज़्ज़त बच जाए।''

रामगोपाल ने पचीस रुपये निकालकर छबीलदास को देकर कहा, ''लेकिन इस पचीस रुपये से तो सुशीला का काम न चलेगा। आगे चलकर क्या करना होगा—तुमने यह भी सोचा?''

छबीलदास ने देखा कि उसके सामने एक देवता पुरुष बैठा है। चन्द मिनटों की मुलाकात में उसने छबीलदास को पचीस रुपये दे दिए। उसने कहा, ''यह तो नहीं सोचा तुम इसमें कुछ मदद कर सकते हो?''

रामगोपाल ने ज़रा हिचकिचाहट के साथ कहा, ''अगर मेरी सलाह मानो तो सुशीला को किसी फिल्म कम्पनी में नौकर रखवा दो। मैं कई डायरेक्टरों को जानता हूँ—अगर तुम चाहो तो मैं दौड़-धूप कर दूंगा। हज़ार-पांच सौ रुपये की नौकरी आसानी से मिल जाएगी।''

बात छबीलदास की समझ में आ गई। उन्होंने रामगोपाल से हाथ मिलाया, ''बात तुमने लाख रुपये की कही। मैं एक दिन तुम्हें सुशीला से मिलवा दूंगा। इस बीच तुम अपने डायरेक्टर दोस्तों से बात कर लो।''

छबीलदास ने रामगोपाल का सुशीला से परिचय करा दिया।

रामगोपाल सुशीला को लेकर सेवा फिल्म कम्पनी के डायरेक्टर मिस्टर व्रती के यहां पहुंचा।

मिस्टर व्रती फिल्म लाइन में मशहूर आदमी थे। न जाने कितनी फिल्में उन्होंने बनाईं, न जाने कितनी फिल्में अधबनी छोड़ दीं। बड़े ठाठ से रहते थे—उनके मकान में ही उनका दफ्तर था।

मिस्टर व्रती को एक नई हीरोइन की ज़रूरत थी, क्योंकि उनके नये सेठ ने उनसे कह दिया था हमें एक फर्स्ट-क्लास नई हीरोइन चाहिए, जिस तनख्वाह पर भी हो। मिस्टर व्रती के मकान पर हीरोइनों का तांता लगा रहता था, जिनमें से कुछ को व्रती साहब नामंजूर कर देते थे और कुछ को उनके नये सेठ।

सुशीला को देखते ही व्रती साहब प्रसन्न हो गए, उनके दिल ने साफ कह दिया कि सेठजी इस हीरोइन को पसन्द कर लेंगे।

उन्होंने बजाय रामगोपाल के सुशीला से कहा, ''मैंने आज से ही आपको हज़ार रुपये पर रख लिया—एक पिक्चर बनाने पर मैं आपकी तनख्वाह डेढ़ हज़ार रुपये महीना कर दूंगा।''

रामगोपाल ने उसी समय कहा, ''वह तो ठीक है, लेकिन जब तक आप मुझे अपनी पिक्चर में रोल नहीं देंगे तब तक यह काम न करेंगी।''

सुशीला ने आश्चर्य से रामगोपाल को देखा। रामगोपाल ने सुशीला से कह रखा था कि वह लखपति आदमी है। उसने सुशीला को बताया था कि वे पचीस रुपये, जो छबीलदास ने उसे दिए थे, रामगोपाल से लेकर दिए थे। और अब उसने देखा कि रामगोपाल उसकी नौकरी के कमीशन में खुद नौकरी मांग रहा है। लेकिन उसने उससे कुछ कहा नहीं, मिस्टर व्रती की ओर से आंखें हटा लीं।

''अच्छी बात है—आपको भी मैं एक पार्ट दे दूंगा, लेकिन तनख्वाह ज़्यादा नहीं दे सकूंगा।

और उसी समय रामगोपाल को सेवा फिल्म कम्पनी में ढाई सौ रुपये महीने की जगह मिल गई।

सेवा फिल्म कम्पनी से निकलकर रामगोपाल ने सुशीला से कहा, ''बहुत

बड़ा काम हो गया—इसकी खुशी में आज ताजमहल होटल में खाना खाया जाए।''

पिछले कुछ दिनों से सुशीला बहुत अधिक परेशान रही थी, आज उसकी परेशानियां दूर हो गई थीं। उसका जी हल्का था, और वह हँसना चाहती थी। सेठ हीरालाल के साथ वह एकाध दफा ताजमहल होटल गई थी और वहां की चहल-पहल, वहां के वैभव से वह प्रभावित हुई थी। उसने कहा, ''अच्छी बात है।''

सुशीला को लेकर रामगोपाल ताजमहल होटल पहुंचा। वहां उसने सुशीला से प्रेमालाप आरम्भ किया। सुशीला उस दिन प्रसन्न थी। यह प्रेमालाप उसे बुरा नहीं लगा। वह रामगोपाल को प्रेमालाप में बढ़ावा दे रही थी।

लेकिन उन दोनों को यह पता न था कि होटल के एक कोने में एक आदमी बैठा हुआ इन दोनों की गतिविधि को बड़े ध्यान से देख रहा है।

उस दिन मिस्टर वर्मा ने पंजाब के एक बहुत बड़े व्यापारी को फांसा था और उसे वे ताजमहल होटल में डिनर खिलाने को ले गए थे। रामगोपाल को एक स्त्री के साथ ताजमहल होटल में बैठा देखकर स्वाभाविक रूप से मिस्टर वर्मा को कौतूहल हुआ, लेकिन उस कौतूहल को उन्हें ज़बरदस्ती दबाना पड़ा। पर मिस्टर वर्मा साधारणतः ही चीज़ों को छोड़ देने वाले जीव नहीं थे। जब मिस्टर वर्मा अपने कमरे में पहुंचे तो वे काफी खुश थे—दो हज़ार के फायदे का काम उन्होंने तय कर लिया था।

सुशीला को उसके घर पहुंचाकर रामगोपाल उस समय तक अपने कमरे में लौट आया था और छबीलदास से वह सुशीला की तथा अपनी सफलता की बात बतला रहा था। लेकिन इस बातचीत में वह ताजमहल होटल जाने की बात तथा सुशीला से अपनी प्रेम-वार्ता को दबा गया था। उसी समय मिस्टर वर्मा ने 'मार लिया मैदान' गाना गुनगुनाते हुए कमरे में प्रवेश किया। आते ही तपाक से उन्होंने रामगोपाल से पूछा, ''वाह भाई—बड़े छुपे रुस्तम निकले! किस खूबसूरत बला को ताजमहल होटल में फांस ले गए थे?''

रामगोपाल पकड़ा गया, फिर भी उसने बचने की कोशिश की , ''मेरी क्लास-फैलो थी, बम्बई घूमने आई है।''

''क्यों बनाते हो यार—शक्ल से तो एक्ट्रेस मालूम होती थी—मैं भी ताजमहल होटल में मौजूद था—और तुम दोनों किसी फिल्म कम्पनी की बात भी कर रहे थे।''

सिंह की ईर्ष्या रामगोपाल के सौभाग्य से काफी भड़क चुकी थी। उसने छूटते ही कहा, ''सुशीला रही होगी। आज इन्हें और सुशीला, दोनों को नौकरी मिली है न! जश्न मनाने गए थे।''

छबीलदास के चेहरे से सारी खुशी गायब हो गई। उसने ज़रा गम्भीर स्वर में कहा, "तुम इतने कमीने निकलोगे—यह मुझे मालूम नहीं था।"

वर्मा हँस पड़े। "इसमें कमीनेपन की क्या बात है। कहा है न, 'रण्डी किसकी बीबी और भड़आ किसका यार'!"

वर्मा की इस हँसी ने आग में घी का काम किया। छबीलदास ने रामगोपाल से कड़ककर कहा, "क्या जबाब देते हो?"

रामगोपाल भी तन गया, "तुम मुझसे जवाब मांगनेवाले कौन होते हो? जबाव मांगना हो तो सुशीला से मांगो जाकर।"

पांडे ने किसी तरह से मामला शान्त करवाया।

मिस्टर व्रती ने सुशीला से कहा, "यह आदमी रामगोपाल, इसके सामने मैंने पूरी बात कहना ठीक नहीं समझा, अब मैं एक सवाल पूछना चाहता हूँ कि यह रामगोपाल कौन है और आपसे इसका क्या रिश्ता है?"

सुशीला ने उत्तर दिया, "मैं इसे बिलकुल नहीं जानती। मेरे एक मुलाकाती ने कहा था कि ये आपको फिल्म कम्पनी में पहुंचा देंगे।"

मिस्टर व्रती ने सन्तोष की एक गहरी सांस ली, "अगर मैं इस आदमी को कम्पनी में न लूं तो आपको कोई आपत्ति तो नहीं होगी, क्योंकि यह किसी काम का आदमी नहीं है।"

"इसमें मुझे क्या आपत्ति हो सकती है!" सुशीला ने शान्त भाव से उत्तर दिया।

"एक बात और! मेरी कम्पनी में रहकर आप बिना मेरी इजाज़त के किसी भी आदमी से नहीं मिल सकेंगी—मेरी कम्पनी की यह पहली शर्त है।"

"अच्छी बात है।" सुशीला ने कहा।

मिस्टर व्रती उठ खड़े हुए, "आज शाम को पूना चलना है—वहां सेठजी से बातें करनी हैं। आप शाम तक तैयार हो जाइए, टिकट मंगवाए लेता हूँ।"

मिस्टर व्रती ने उसी समय कम्पनी के दरबान को आज्ञा दी कि रामगोपाल को आफिस में घुसने न दिया जाय और उससे कह दिया जाये कि उसे नौकरी नहीं मिली।

जिस समय सुशीला अपना असबाब ठीक करने अपने घर पहुंची, छबीलदास फुटपाथ के चक्कर लगा रहा था। सुशीला ने छबीलदास को अन्दर बुलाया।

छबीलदास भरा हुआ था। उसने कहा, "मैं तुम्हारे सर्विस पा जाने पर बधाई देने आया हूँ।"

सुशीला मुस्कराकर अपना असबाब ठीक करने लगी।

"और इस बात पर भी कि तुम्हें एक नया मित्र मिल गया है जो तुम्हें ताजमहल होटल में खाना खिला सकता है, वहां तुमसे प्रेमालाप कर सकता है!"

सुशीला ने सूटकेस में कपड़े रखते हुए कहा, "तो क्या तुम मुझसे कैफियत तलब करने आए हो?"

छबीलदास हँस पड़ा, "मैं कैफियत तलब करनेवाला कौन होता हूँ! मैं तो वह साधन मात्र हूँ जो तुम्हारी मुसीबत में काम आया।"

छबीलदास के इस स्वर से सुशीला को बुरा लगा, "आपका वह फर्ज था, क्योंकि आप ही मुझे बनारस से बहका लाए थे। आगे से मैं आपसे इस तरह की न कोई सहायता मांगूगी, न आपसे कोई वास्ता रखूंगी।"

छबीलदास उठ खड़ा हुआ—तैश में। आज उसे अपने ऊपर ग्लानि हो रही थी।

उसने कहा था, "बहुत अच्छा! लेकिन यह याद रखना, तुम्हें फिर मेरी ज़रूरत पड़ेगी—और उस दिन मैं तुम्हारे ये शब्द याद रखूंगा—आगे चलकर मुझसे किसी तरह की उम्मीद न रखना।" और वह चला गया।

उस छोटे-से कमरे में पांच बिस्तर पड़े थे और पांच आदमी लेटे थे। पांडे एक फिल्म मैगज़ीन उलट-पुलट रहा था, सिंह एक फिल्मी गाना गुनगुना रहा था। वर्मा सिगरेट के कश पर कश ले रहा था। छबीलदास एक कोने में पड़ा सिसकियां ले रहा था। वह अपने विगत पर सोच रहा था और वर्तमान की उस विगत से तुलना कर रहा था, और रामगोपाल दूसरे कोने में मौन अपने भविष्य की चिन्ता कर रहा था।

रामगोपाल को एक दिन नौकरी मिली, दूसरे दिन उसकी नौकरी छूट गई। कल एक हीरोईन मिली जिसके साथ में रहकर उसने लखपति होने के सपने बनाए थे, आज वह हीरोईन हाथ से निकल गई।

उसने जेब से अपना पर्स निकाला—अब उसमें कुल जमा पूंजी पैंतीस रूपये रह गये थे।

पांडे ने मैगज़ीन रख दी। उसने रामगोपाल से पूछा, "क्यों बड़े चुप हो? क्या बात है?"

सिंह ने उत्तर दिया, "आज इनकी नौकरी छूट गई।"

छबीलदास, जो अभी तक सिसकियां भर रहा था, चौंककर बैठ गया, "अच्छा हुआ! इन साले दगाबाज़ों से साथ होगा ही क्या? इस हाथ ले, उस हाथ दे,!"

और यकीनी तौर से छबीलदास का क्रोध और दुख अस्सी प्रतिशत गायब हो गया था।

रामगोपाल से अब न रहा गया। वह उठ बैठा और उसने कहा, ''अब जो किसी साले ने गाली दी तो मैं उसका मुंह तोड़ दूंगा!''

मामला संगीन हो रहा था—वर्मा ने यह देखा और उठ बैठा। ''आखिर मामला क्या है?''

सिंह ने कहा, ''आज रामगोपाल को सेवा फिल्म कम्पनी से जबाव मिल गया—सो ये झल्लाए हुए हैं। लेकिन छबीलदास आज क्यों इतने क्रोधित हो गए—यह समझ में नहीं आया।''

''वह मैं बतला दूं।'' वर्मा ने मुस्कराते हुए कहा, ''वह औरत—वही—क्या नाम है उसका—वह आज एक आदमी के सथ—शायद उसका नाम व्रती है—पूना गई है। साथ में मेरे पंजाबवाले सेठ भी थे जो उस कम्पनी में रुपया लगा रहे हैं।''

अब वर्मा से न रहा गया, खिलखिलाकर हँस पड़ा। ''पंजाबवाले सेठ के पास पैसा है—वह पैसा खर्च तो होना ही चाहिए!''

पांडे उठा—उसने छबीलदास से कहा, ''इसी बात पर नाराज़ हो गए? अरे भाई, एक दफा तुम्हे छोड़कर चली गयी, तो अब वह फिर से तुम्हारी कैसे हो सकती थी—भूल जाओ उसे!''

उधर सिंह रामगोपाल से कह रहा था, ''ऐसी नौकरियां मिलेंगी और छूटेंगी—इस पर अफसोस करने की क्या बात है?''

और पांडे और सिंह ने मिलकर छबीलदास और रामगोपाल से हाथ मिलवा दिया।

वर्मा ने एक-एक सिगरेट उन लोगों को दी—कमरे में सिगरेट का धुआं भर गया। उस एक छोटे-से कमरे में भेड़ों की तरह रहने वाले पांचों युवक लेटे थे और सिगरेट पी रहे थे, जैसे कुछ हुआ ही नहीं। भावना और चेतना से शून्य। और धीरे-धीरे वह पांचों युवक सो गए—सुबह उठकर फिर नित्य की तरह बेकारी, गैरज़िम्मेदारी की ज़िन्दगी बिताने के लिए।

राख और चिनगारी

"आधी रात बीत चुकी है, एक सघन, घुटता हुआ, नितान्त अनजान अंधकार मेरे चारों ओर फैला हुआ है, और मुझे तुमसे कुछ बातें कहनी हैं। मेरे प्राणों में कितनी थकावट भर गई है रमेश, तुम इसका अंदाज़ा नहीं लगा सकोगे? भीतर और बाहर, ऊपर और नीचे, इस ओर, उस ओर—बस एक निराशा का साम्राज्य फैला हुआ है। जी चाहता है कि अनन्त निद्रा की गोद में मैं अपने को सौंप दूं। लेकिन ऐसा नहीं हो सकेगा, मुझे तुमसे कितनी बातें कहनी हैं।

"मैं जानती हूँ रमेश कि मेरी बातें सुनकर, तुम्हारे कोमल हृदय को एक गहरा-सा धक्का लगेगा, पर मैं विवश हूँ। मैं जो अपनी बातें कहने बैठी हूँ—मेरे अन्दर इस समय क्या बीत रहा है, इस समय ही क्यों, पिछले कई दिनों से क्या बीतता रहा है, तुम इसकी कल्पना नहीं कर सकोगे; पर जीवन कोमल नहीं, सुन्दर नहीं, जीवन सुखद नहीं। एक भयानक कुरूपता से भरा, विकृत और कठोर, यही हमारा अस्तित्व है। इस सत्य से मुंह नहीं मोड़ा जा सकता, हमें इसे स्वीकार करना ही पड़ेगा।

"मैं जानती हूँ कि मैं नौकरी करती हूँ—याद रखो, नौकरी! मुझे अच्छी तनख्वाह मिलती है, साफ-सुथरे कपड़े पहनती हूं, मैं अच्छा खाना खाती हूँ, लेकिन यह नौकरी—बड़ी भयानक चीज़ है यह! इस नगर की दूसरी ओर वह बड़ी-सी सीमेण्ट की इमारत, जिसे मैं अपना दफ्तर कहती हूँ कितनी निष्प्राण, कितनी भावनाशून्य है वह! रोज़ सुबह सैकड़ों नहीं, हज़ारों आदमी मोटरों पर, साइकिलों पर, पैदल, उस ओर खिंचे आते हैं—उसके वे बड़े-बड़े कठोर और अन्धकारमय कमरे खुल जाते हैं, वहां पड़ी हुई अनगिनत मेज़ों और कुर्सियों पर प्राण आ जाते हैं और जीवन का क्रम चलने लगता है। रोज़ शाम को हज़ारों आदमी थके और टूटे वहां से चल देते हैं, दरवाज़े बन्द हो जाते हैं और वह इमारत मानो मृत्यु की छाया में सो जाती है।

‘‘मैंने कभी-कभी उस भीड़ को देखने का भी प्रयत्न किया है, जिसका मैं स्वयं एक भाग हूँ। कितनी तेज़ी होती है उस भीड़ की चाल में, लेकिन उस तेज़ी से उत्साह नहीं होता, उल्लास नहीं। एक अजीब तरह के भय से वह तेजी से प्रेरित होती हैं, उस भीड़ की नज़र घड़ी पर लगी रहती है, जिसकी सुइयां चलती रहती हैं—चलती रहती हैं एक गति से, निरन्तर! उन्हीं एक गति से निरन्तर चलने वाली निष्प्राण और भावहीन सुइयों के साथ उस भावनायुक्त और जीवित मानव की गति बांध दी गई है। और मैंने स्पष्ट रूप से देखा है कि वह भीड़ घड़ी की उन सुइयों की भांति ही निष्प्राण और भावहीन होती हैं, जिसका एकमात्र उद्देश्य होता है समय की पाबन्दी।

‘‘नौकरी—गुलामी! कितनी अपमानजनक होती है वह! वहां अफसरों की कृपा पर अवलम्बित रहना पड़ता है। उनकी डांट और झिड़कियां खाकर ही किसी का उस नौकरी पर कायम रहना सम्भव है। अपनी भावना को वहां नष्ट कर देना पड़ता है, अपने निजी सुख-दुख को वहां भूल जाना पड़ता है।

‘‘उस दिन जब तुमसे मेरा प्रथम परिचय हुआ था, मैं कुछ उदास थी। तुमने बात-बात में उदासी का कारण पूछा और मैंने तुमसे सच्ची बात नहीं कही थी। आज मैं तुम्हें बतला रही हूँ कि उस दिन मैं अपने अफसर की डांट खाकर घण्टों रोई थी। जिस बात पर डांट खाई थी उसमें मेरा कसूर भी तो न था! चार मील साइकल पर चलकर आना, लेकिन साइकल का क्या भरोसा? रास्ते में साइकिल बनवाने में कुछ देर हो गई। चपरासी ने मेरे आते ही मुझसे कहा था, ‘सलाम, मिस साहब! साहब आपको याद कर रहे हैं, देर हो गई है आपको।’ और वह थोड़ा-सा मुस्करा दिया था।

‘‘चपरासी के मुस्कराने के अर्थ होते हैं कि मेरे अफसर का मिजाज बिगड़ा हुआ है। मैं सीधे मैनेजर के कमरे में पहुंची—उसने मुझे देखते ही घड़ी की ओर संकेत किया, ‘घड़ी देख रही हो, मिस चौधरी?’

‘‘मैंने लड़खड़ाते स्वर में कहा, ‘माफ कीजिएगा सर, कुछ देर हो गई आने में। बात यह...’ लेकिन जैसे उसके पास मेरी बातें सुनने का भी समय न था। वह कड़े स्वर में बोला, ‘मैं बात नहीं सुनना चाहता—यह तीसरा मौका है। मुझे हेड क्वार्टर में तुम्हारी शिकायत करनी पड़ेगी। हां, वह फाइल पूरी कर दी?’

वह फाइल कितनी बड़ी थी—कितना अधिक काम था उसमें। पिछले दिन रात को आठ बजे तक मैं उस पर काम करती रही, लेकिन वह पूरी न हो सकी थी। मैंने कहा, ‘जी, अभी थोड़ी देर में पूरी किए देती हूँ।’

''मैनेजर का स्वर और भी प्रखर हो गया, 'मैं देख रहा हूँ, 'मैंने कल कहा था कि वह फाइल मुझे सुबह ही चाहिए।'

'कल रात आठ बजे तक मैं काम करती रही, सर!'

''लेकिन मैनेजर को क्या! वह बोला, मैं यह कुछ नहीं जानता—यह मेरी अंतिम चेतावनी है। यदि तुम काम नहीं कर सकतीं तो त्यागपत्र दे दो। यह दफ्तर है और यहाँ नौकरी कर रही हो, यह याद रखना!'

''रमेश, मैं उस समय चली आई थी और चुपचाप फाइल पूरी करने में लग गई थी, लेकिन मेरे मुख पर मेरे अन्दर वाली सारी करुणा, सारा विद्रोह उभर आया था। अपने उमड़ते हुए आंसुओं को बरबस दबाकर मैं काम कर रही थी—और मेरे साथियों की आँखें मेरी ओर लगी थीं। उन्हें मालूम था कि मुझे डांट पड़ी है, मेरा अपमान हुआ है। और मेरे अपमान पर उन्हें प्रसन्नता थी। किसी को मेरे साथ संवेदना नहीं थी, किसी को मेरे साथ सहानुभूति नहीं थी। मैंने देखा कि इस गुलामी के बन्धन से जकड़ा हरेक व्यक्ति पशु से भी गया-बीता बन गया है।

''तुम माणिक को जानते हो, तुम शीला को जानते हो। वह माणिक शीला से कह रहा था, 'देखती हो गीता को—बड़ी शेखी हो गई थी इसे, आज आटे-दाल का भाव मालूम हो गया! सुना है कि चेतावनी मिली है!''

''मैंने माणिक की बात सुन ली थी—पता नहीं शायद वह मुझे सुनाने को ही कही गई थी। और इस पर शीला ने कहा, 'बेचारी गीता—इतना काम करती है, और डांट ऊपर से, देखा, कैसे टप-टप आंसू गिर रहे हैं! चलो, थोड़ी-सी सहानुभूति प्रकट कर दूं।'

'सहानुभूति प्रकट कर दूं!' वर्तमान समाज का कितना भयानक व्यंग्य है इन शब्दों में। यह ढोंग! यह फरेब! यह मक्कारी! लेकिन शायद यही आज की ज़िन्दगी है। जी चाहता था कि मुंह नोच लूं उन लोगों का, जी चाहता था कि आत्महत्या कर लूं जाकर। उस दिन मैं किसी से बोली नहीं, किसी के साथ हँसी नहीं। हां, चलते-चलते उस बूढ़े चपरासी ने मुझसे ज़रूर कहा था—धीमे से स्वर में, 'मिस साहब, बुरा न मानिएगा—आज साहब पर हेडआफिस की डांट पड़ी है, इसी से इतना मिजाज़ बिगड़ा हुआ है, और यह डांट-फटकार तो नौकरी में रोज़ की बात है—कौन इससे बच सका है!'

''वह साठ साल का बूढ़ा चपरासी जीवन का कितना महत्त्वपूर्ण सत्य कह गया मुझसे। आजकल के लड़के उसे दफ्तर में डांटते थे और वह काम करता

था चुपचाप। जिस प्रकार अपमान और निरादर के बीच, उसने अपनी लम्बी ज़िन्दगी गुजारी है, उसी प्रकार अपमान और निरादर के बीच लोगों के व्यंग्यों और कटु वाक्यों को सुनते हुए भी मैं नौकरी कर रही हूँ, और इस पर तुम्हें आश्चर्य हो सकता है। लेकिन आज मैं तुम पर एक और कुरूप सत्य प्रकट कर रही हूँ।

''रमेश, मैं घर की बड़ी गरीब हूँ। मैं दफ्तर में काम इसलिए नहीं करती कि काम करने का शौक है, मैं काम इसलिए करती हूँ कि काम करने के लिए मैं मजबूर हूँ। लोग आश्चर्य करते हैं कि मैं इतनी एकांतप्रिय क्यों हूँ, मैं बनाव-सिंगार क्यों नहीं करती, मैं सभा-सोसाइटियों में क्यों नहीं सम्मिलित होती? मैं खेल-तमाशे क्यों नहीं देखती? इस सबका एकमात्र कारण है—मेरी गरीबी। और यहां तुम पूछ सकते हो कि अगर मैं इतनी गरीब हूँ तो मैंने विश्वविद्यालय की शिक्षा कैसे प्राप्त की!

''मैं पितृहीन हूँ, जिस समय मेरे पिता की मृत्यु हुई थी, मैं निरी बच्ची थी। मेरे बड़े भाई म्यूनिसिपल बोर्ड में क्लर्क थे, और पिता के मरने के बाद गृहस्थी का भार उन पर पड़ा। तुम नहीं जानते, मेरे बड़े भाई देवता थे, छोटी-सी तनख्वाह पाते हुए भी उन्होंने मुझे पढ़ाया-लिखाया, हर तरह मेरा ख्याल रखा। मैं, मेरी भावज़—इन सबका भार उन पर था; और फिर उनके भी बच्चे हुए, उनका परिवार भी बढ़ा, लेकिन वे चाहते थे कि मैं ऊंची शिक्षा प्राप्त करूं, जीवन में ऊपर उठूं। और सबका खर्च बर्दाश्त करने के लिए उन्होंने दफ्तर के बाहर भी दो-एक काम ले रखे थे।

''लेकिन रमेश, मनुष्य में बल की, धैर्य की, साहस की एक सीमा होती है। उस सीमा के पार करने के अर्थ होते हैं अपने ही विनाश को आमंत्रित करना। मेरे भाई ने हमें बनाया अपने को मिटाकर, अपनों की सुविधाएं पूरी करने के लिए उन्होंने अपनी सुविधाओं की उपेक्षा की। और एक दिन उन्हें पता चला कि उन्होंने अपने को समाप्त कर लिया है। वे बीमार पड़े, और लम्बी बीमारी के बाद उन्हें इस दुनिया को छोड़ना पड़ा। उन लोगों को छोड़ना पड़ा जिन्हें वे इतना चाहते थे, जिनके लिए उन्होंने अपना जीवन अर्पित कर दिया था।

''उसी साल मैंने बी.ए. पास किया था। मेरे बी.ए. पास करने पर वे कितने प्रसन्न हुए थे—उनकी वे बुझती हुई आँखें एकाएक न जाने किस आशा और उल्लास से चमक उठी थीं। रमेश, कितना सोचती हूं कि उनकी आँखों की वह चमक स्थायी हो सकती! लेकिन व्यर्थ—सब कुछ व्यर्थ! मृत्यु ने बुरी तरह दबोच

लिया था, प्रकृति ने शरीर से अपना बदला चुका लिया था। तीसरे ही दिन उनकी हालत बिगड़ी। डाक्टर, वैद्य, हकीम सभी आए, और अपनी-अपनी फीस लेकर वे चले गए लेकिन उनकी बेहोशी दूर न हुई।

''मरने से कुछ पहले उनकी बेहोशी दूर हुई—कुछ क्षणों के लिए! उस समय हम सब लोग कमरे में मौजूद थे। आँखें खोलकर क्षीण स्वर में पुकारा, ''गीता!''

''मैं उनके सिरहाने आ गई। उन्होंने कहा था, 'गीता, मैं जा रहा हूँ। हमारी मां विवश, भावहीन, सीधी-सादी, निराश्रय! और ये किशोर और कमला—ये दोनों छोटे-छोटे बच्चे! हे भगवान, इनका क्या होगा? इन लोगों ने कौन-सा पाप किया है!''

''मेरे भाई ने न अपनी पत्नी से कुछ कहा, न अपनी मां से कुछ कहा, उन्होंने अपने बच्चों की ओर देखा तक नहीं—हाथ पकड़कर उन्होंने यह बात कही थी और मैंने उत्तर दिया था, ''भैया तुम इनकी चिन्ता मत करो। मैं हूँ तुम्हारी बहिन! और मैं तुम्हें वचन देती हूँ कि इन्हें कष्ट न होने पाएगा।''

''मेरे भाई के मुख पर संतोष की एक हल्की-सी मुस्कराहट आई। उन्होंने अपने बच्चों को देखा, अपनी पत्नी को देखा, अपनी माता को देखा—उनके मुख का धुंधलापन दूर हो गया था; बहुत क्षीण स्वर में उन्होंने कहा, ''भगवान तुम्हारा भला करे—गीता, अब मैं शांतिपूर्वक मर सकूंगा!''

''रमेश, तुमने मेरी माता को नहीं देखा, मेरी भावज को नहीं देखा, मेरे भतीजे और भतीजी को नहीं देखा! वे गांव में रहते हैं, इसलिए कि उनके शहर में रहने का खर्च मैं बर्दाश्त नहीं कर सकती। लेकिन मैं अपनी तनख्वाह का अधिकांश भाग उन लोगों को भेज देती हूँ। मेरा भतीजा पढ़ रहा है, मेरी भतीजी पढ़ रही है। मेरी मां, मेरी भावज! दोनों अपढ़ स्त्रियां है, जिन्दगी भर उन्होंने धनोपार्जन का काम नहीं किया है, उन्हें धनोपार्जन करना भी नहीं आता। वे हमारे समाज के असमर्थ और अपाहिज अंग हैं। उनका भरण-पोषण करना—यह मेरी जिम्मेदारी है और इसलिए अपनी तनख्वाह का अधिकांश भाग उन्हें भेजकर मेरे पास इतना नहीं बचता कि मैं खेल-तमाशे देख सकूं।

''मैं कहती हूँ कि मेरे पास यौवन है, मेरे पास उमंग है। हँसने-खेलने की इच्छा मुझे भी होती है। नाच-रंग, आमोद-प्रमोद मुझे भी प्यारे हैं। मुझे भी यह अभिलाषा है कि मैं सुन्दर दिखूं, नवयुवक मेरी ओर आकर्षित हों, और वे मेरे सौन्दर्य की उपासना करें। दुनिया की चहल-पहल अपने को देने की प्रबल अभिलाषा कितने प्रयत्न के साथ दबानी पड़ती है, वह मैं ही जानती हूँ ! और अपने अन्दर

चलने वाले अनवरत संघर्ष के कारण मैं अजीब-सी दिखने लग गई हूँ। कुछ लोगों ने मुझे पत्थर की उपमा दे डाली है। लेकिन रमेश, आज मैं साफ-साफ अपना रूप देख रही हूं। मैं राख से ढकी हुई एक चिनगारी की भांति हूँ—जो अन्दर ही अन्दर सुलगकर राख बनती जा रही है।

''मेरे अन्दर जलन है, उमंगें हैं, जीवन है। सब-कुछ है, लेकिन बेकार! समाज के आर्थिक ढांचे ने राख बनकर हर तरफ से मुझे ढक लिया है, और उसने मेरे समस्त अस्तित्व को अपने अभिशाप से आच्छादित कर रखा है। पर दुर्भाग्य यह है कि मैं पूरी तरह से राख भी तो नहीं बन पाती। अन्दर वाली चिनगारी जलती रहती है—निरन्तर! यही अन्दरवाली चिनगारी कुछ अधिक प्रज्वलित हो गई थी, उस दिन, जिस दिन, 'साहित्य समाज' में तुमसे मेरी प्रथम बार भेंट हुई थी।

''मैं उस दिन 'साहित्य समाज' की बैठक में क्यों चली गई थी, मुझे आज भी आश्चर्य हो रहा है। मैं तो सभा-सोसाइटी से दूर रहती हूँ, शीला के कहने में क्यों आई थी? शायद तुम्हारे नाम के कारण। मैंने तुम्हारी कविताएं पढ़ी थीं, मुझे वे कविताएं अच्छी लगी थीं। मैं एक बार उन कविताओं के लेखक को देखना भी चाहती थीं।

''तुम वहां बैठे थे, शांत और गम्भीर! तुम्हारी बगल में माणिक भी बैठा था, जो लोगों से हँस-बोल रहा था—अपने को प्रदर्शित कर रहा था। कितना अन्तर था तुम दोनों में! उस समय माणिक ने कहा था—'देवियों और सज्जनों! मैं आज साहित्य समाज' में साहित्य के एक महान प्रतिभाशाली और नवोदित कवि तथा साहित्यकार श्री रमेशचन्द्र का स्वागत करता हूँ। साथ ही मैं रमेश जी से कविता सुनाने की प्रार्थना करूंगा।'

'और उस दिन तुमने जो कविता पढ़ी थी, वह मुझे जीवन-भर याद रहेगी। मैं सच कहती हूँ। रमेश, तुम्हारी उस छोटी-सी कविता ने मेरे अन्दर कितनी भयानक उथल-पुथल उत्पन्न कर दी थी! मंत्रमुग्ध-सी मैं तुम्हें देख रही थी। मैंने अपने मन के नितांत नीरस और शुष्क मेरूखंड को नन्दनवन में परिवर्तित होते हुए अनुभव किया—संज्ञाहीन-सी! और अचानक शीला के स्वर ने मुझे मानों झकझोर दिया, जब उसने कहा था—

''अपने इस तरुण कवि अभिनन्दन के उपलक्ष्य में मैं अब अपनी सहेली कुमारी गीता चौधरी से एक सरस, सुन्दर गीत गाने की प्रार्थना करूंगी।'

''रमेश, मैं गा लेती हूँ और अच्छा गा लेती हूँ। विश्वविद्यालय की संगीत प्रतियोगिताओं में मुझे पुरस्कार भी मिले हैं। पर शीला को छोड़कर उस सभा

में कोई भी इस बात को नहीं जानता था। और शीला भी यही जानती थी कि मैं उत्सवों से दूर रहती हूँ। मैं अधिक बातचीत नहीं करती। एक तरह से इन सबसे मैंने अपने को दूर रखा है। मुझे बड़ा क्रोध आया कि शीला ने मेरे साथ ऐसा मजाक क्यों किया? और मैं शीला को कुछ रूखा-सा कठोर उत्तर देने ही वाली थीं कि मेरी आँखें फिर तुम पर पड़ गई और उसी समय मेरे अन्दर वाली समस्त कटुता ठीक उसी तरह गायब हो गई जैसे मधु-ऋतु में बर्फ गल जाती है। मुझे कुछ ऐसा लगा मानो तुम्हारी आँखें मुझे गाने को आमन्त्रित कर रही हैं। और रमेश, लाख प्रयत्न करने पर भी मैं अपने को रोक न सकी, तुम्हारे उस निमन्त्रण को न ठुकरा सकी। बिना सोचे विचारे कुछ अजीब तौर से बेसुध-सी दशा में ही मैंने हारमोनियम उठा लिया था।

''मेरे गाने की बड़ी प्रशंसा हुई। माणिक ने भी, जो हमेशा मुझ पर व्यंग्य करता रहा है, इस बार मेरी प्रशंसा की। यद्यपि व्यंग्य करने से वह तब भी नहीं चूका। उसने कहा था, 'वाह गीताजी, आप इतना सुन्दर गा लेती हैं, यह हमें मालूम ही नहीं था। बधाई है हमारे कलाकार श्री रमेशजी को जिन्होंने एक दूसरी कलाकार कुमारी गीता चौधरी को ढूँढ़ निकालने में सहायता दी।'

''रमेश, उस समय मुझे माणिक के उस व्यंग्य पर कुछ बुरा भी न लगा; मैं, स्वयं में इतनी अधिक विभोर हो उठी। मुझे कुछ ऐसा लग रहा था कि तुम्हारे रूप में मेरा कोई चिर-परिचित आत्मीय मुझे मिल गया है। उस दिन सुबह के समय मेरा जो अपमान हुआ था, मैं इतना रोई थी, वह सब अनायास ही भूल गई। उफ, कैसा पागलपन सवार हो गया था मुझ पर। तुम यह न समझ लेना रमेश कि वह पागलपन मुझसे दूर हो चुका है; अब भी वह मुझमें मौजूद है। चिनगारी जल रही है निरन्तर, लगातार! पर मैं क्या करूं, उस चिनगारी को चारों ओर से घेरे हुए जो राख है वह भी बढ़ती ही जा रही है—उसी तरह निरन्तर लगातार! कौन-सा विधान था वह, जो हम दोनों को इतना अधिक एक-दूसरे के पास खींच लाया था। आखिर शीला को उस दिन क्या सूझा था कि उसने तुमसे यह प्रस्ताव कर दिया कि तुम मुझे पहुंचा दो। मैं सच कहती हूँ कि अगर किसी दूसरे से मुझे मेरे घर पहुंचा देने को कहा गया होता तो मैं बड़ी रुखाई के साथ 'ना' कह देती। लेकिन तुमसे मैं 'ना' नहीं कह सकी। और जब मैं तुम्हारे साथ चली तब तो पूना की चांदनी हँस रहीं थी, वसन्त ऋतु की पुलकन से भरी विकम्पित हवा बह रही थी। लेकिन उसी समय न जाने क्यों अनायास ही मेरे अन्दर वाली समस्त विवशता, समस्त करुणा, समस्त घुटन मेरी आँखों में उमड़

आई। मैं तुम्हें देख रही थी और मैं देख रही थी अपना वर्तमान जीवन! मेरे सामने कुरूप वास्तविकता थी। और उसी समय तुमने मुझसे पूछा था, 'गीता जी, आप कुछ अन्यमनस्क-सी हैं। मैं पूछ सकता हूँ कि आपकी उदासी का क्या कारण है?'

"और तुम्हारे उस प्रश्न के उत्तर में मैंने कहा था, 'हरेक के जीवन में हर्ष और विषाद के क्षण आते-जाते ही रहते हैं, रमेशजी! दूसरों की उदासी का कारण जानने में आपकी क्या रुचि हो सकती है?'

"तुम्हें शायद मेरा यह उत्तर अच्छा नहीं लगा। तुमने कहा था, 'शायद आप ठीक कहती हैं, क्षमा कीजिएगा, भाववेश में आकर मैंने यह प्रश्न पूछ लिया था। आप तो बुरा मान गईं, मुझे खेद है।"

"और मैं हँस पड़ी थी, 'नहीं-नहीं। कवि लोग तो भावुक हुआ ही करते हैं।'

"मेरी बात सुनकर तुम्हारे मुख पर आह्लाद लौट आया था और तुमने कहा था, 'मैं स्वीकार करता हूँ और इसी भावुकता में उनका समस्त अस्तित्व निहित है। गीताजी, मुझे कभी-कभी ऐसा लगता है कि इसी भावुकता में विश्व का अस्तित्व निहित है। ममता, सहानुभूति, करुणा—इसी भावुकता के रूप हैं।' और यह कहते-कहते तुम हँस पड़े थे। 'फिर असली बात तो यह है कि न जाने क्यों मैं यह भूल गया था कि आपके साथ मेरा परिचय केवल कुछ क्षणों का है।'

"मैं तुम्हारी बात समझी नहीं थी— मैंने तुमसे समझने को कहा था, और तुमने कहा था, 'मैं शायद आपको अधिक समझा भी नहीं सकूंगा। अभी जब मैं आपके साथ चल रहा था, तब मुझे कुछ ऐसा लग रहा था कि हम दोनों चिर परिचित हैं, और दुनिया के एक अज्ञात खंड में हम दोनों न जाने कब के बिछड़े हुए अनायास ही एक-दूसरे से मिल गए। मैं जानता हूँ कि यह कोरी भावुकता ही थी। लीजिए, आपका मकान आ गया। फिर कभी आपके दर्शन तो होंगे!'

"मैं जानती थी कि तुमने इन शब्दों में मेरे सामने एक प्रस्ताव रखा है। उस प्रस्ताव की मैं प्रतीक्षा भी कर रही थी। लेकिन लाज मेरे सामने थी। मैंने केवल इतना ही कहा था, 'आपने मेरा मकान तो देख ही लिया है। वैसे मैं सार्वजनिक उत्सवों और सभा-सोसाइटियों से प्रायः दूर ही रहती हूँ। अच्छा नमस्कार!'

"तुम नमस्कार करके चले गए—लेकिन मैं आज स्वीकार करती हूँ कि तुम मेरे अन्दर एक सुन्दर सपने की रंगीनी भरकर गए। तुमने मेरे सम्बन्ध में ठीक वही बातें कही थीं, जो मेरे अन्दर तुम्हारे सम्बन्ध में उठ रही थीं। मुझे आश्चर्य हो रहा था कि दो हृदयों में एक साथ एक-सी भावना कैसे जाग्रत हो सकती

है। उस रात देर तक मैं तुम्हारे सम्बन्ध में सोचती रही। मैंने अनुभव किया कि मेरे जीवन की धारा बदल रही है।

मैंने उस रात तो तुम्हें अपने यहां नहीं बुलाया, लेकिन भविष्य के लिए मैंने तुम्हें आमंत्रित कर दिया था। और उस दिन से हम दोनों की मित्रता लगातार बढ़ती जा रही है। मैंने यह नहीं सोचा कि वह मित्रता घनिष्ठता का रूप धारण कर लेगी—और घनिष्ठता प्रेम का रूप धारण कर लेगी। शायद यह सब सोचने का मुझे मौका नहीं मिला, क्योंकि जो कुछ हो रहा था, वह बड़ी तेज़ी के साथ या हो सकता है कि मैं उस पर सोचना ही नहीं चाहती थी। इस प्रेम में कुछ विचित्र-सा सम्मोहन होता है, जिसमें मनुष्य बेतरह अपने को भूल जाता है। ठीक यही हालत मेरी थी। सुबह-शाम मैं तुम्हारा ही ध्यान करती थी, तुम ही मेरी प्रेरणा थे, तुम में ही मेरे अस्तित्व थे।

"और उस दिन जब तुमने मुझसे विवाह का प्रस्ताव किया, मैं पुलकित हो उठी। मेरी साधना पूरी हुई, मेरा सपना साकार हुआ। मुझे अच्छी तरह याद है, जब हम दोनों सिनेमा का सेकण्ड शो देखकर लौट रहे थे। निर्जन और एकान्त रास्ता, आधी रात का गहरा सन्नाटा। चारों ओर एक गहरा अंधकार फैला हुआ था और हम दोनों एक साथ उस पथ पर चल रहे थे। और तब अनायास ही तुमने मेरा हाथ अपने हाथ में लिया था। उफ, वह स्पर्श! मेरे सारे शरीर में विद्युत की तरंग-सी दौड़ गई थी।

"और रमेश, उस समय तुमने अपने संगीत से भरी वाणी में कहा था, 'गीता—देख रही हो, कितना गहरा अंधकार है!' और मैंने उत्तर दिया, 'हां, रमेश—और नितान्त निर्जन पथ!'

"थोड़ी देर तक तुम मौन रहे, फिर तुमने कहा, 'यह अंधेरी रात और निर्जन पथ ठीक वैसा ही है मानव जीवन। गीता, केवल हम दो व्यक्ति इस अंधेरी रात में और इस निर्जन पथ पर एक साथ चल रहे हैं। है न ऐसा'

उस समय शायद वही भावना मुझमें भी थी, जो तुममें थी। मैंने उत्तर दिया था, 'सच! एक-दूसरे का असीम विश्वास लिए हुए।'

"तब तुमने कोमल स्वर में बहुत धीमे से मुझसे पूछा था, 'गीता, जीवन के अंधकारमय पथ पर हम दोनों क्या ठीक इसी तरह एक-दूसरे का हाथ पकड़कर, इसी विश्वास के साथ एक-दूसरे को सहारा देते नहीं चल सकते?'

"मैं जानती थी, तुम्हारा मतलब क्या है, लेकिन मैं तुम्हारी बात स्पष्ट सुनना चाहती थी, 'क्या कह रहे हो, रमेश? मैं समझ नहीं सकी।'

''और तब तुमने वह बात कही, जिसे सुनने को मैं इतने दिनों से लालायित थी, 'मैं तुमसे प्रेम करता हूँ गीता! तुम अच्छी तरह जानती हो, और तुम मुझसे प्रेम करती हो—यह मैं जानता हूँ। जानती हो, इस प्रेम की पूर्ति कैसे होगी?'

''मैं सब बातें तुमसे सुनना चाहती थी, इसलिए मैंने पूछा, 'कैसे?'

'हम दोनों के विवाह से। गीता, मैं तुम्हारे बिना नहीं रह सकता..'

''और तुम्हारा स्वर कांपने लगा था, 'बोलो! मौन क्यों हो? क्या तुम मुझसे प्रेम नहीं करतीं—बोलो?'

और इस बार मुझे बोलना पड़ा था, 'रमेश! प्रेम कहने की चीज़ नहीं होती। तुम जानते हो...कैसे कहूँ...मैं भी...तुमसे...मैं भी...प्रेम करती हूँ, बेहद!'

''तुम भावावेश में कह उठे थे, 'मेरी रानी, मेरी हृदयेश्वरी, मैं आज कितना प्रसन्न हूँ। अब हम दोनों का विवाह हो जाना चाहिए। हम दोनों एक-दूसरे के जीवन की पूर्ति करेंगे। देखती हो, सितारे हँस रहे हैं, वह पूरब से चांद उदय हो रहा है...'

''रमेश! मैंने तुम्हें विवाह की स्वीकृति दे दी थी, प्रेम के उस पागलपन में भरकर! पागलपन!—हां पागलपन, रमेश! जहां मनुष्य कुरूप वास्तविकता को भूल जाए, मनुष्य अपने उत्तरदायित्व के प्रति अन्धा हो जाए, वहां पागलपन नहीं तो क्या है? उस समय मेरा सुख था। मैंने तुम्हारा वह प्रस्ताव स्वीकार किया था, तुम्हें सुखी बनाने के लिए नहीं, अपने को सुखी बनाने के लिए। मैंने विवाह की स्वीकृति दे दी थी, तुम्हारे प्रेम की संतुष्टि के लिए नहीं अपने प्रेम की संतुष्टि के लिए! तुम्हारी वास्तविक भावनाओं से। तुममें प्रतिभा है, तुममें आकर्षण है, तुममें व्यक्तित्व है, तुम्हें पाकर मेरा जीवन धन्य हो जाएगा—यही भावना तो मुझमें थी न!

''आज भी मेरे अन्दर तुम्हारे प्रति वही भावना है। पर मैं पहले कह चुकी हूँ कि मैं राख से दबी हुई चिनगारी हूँ, मुझमें जलन है, मुझमें जीवन है। पर मैं उस राख का क्या करूं जिससे मेरा समस्त अस्तित्व ढका हुआ है। मैंने तुम्हें विवाह की स्वीकृति दे दी, पर मैं उस समय—जैसा कि मैं पहले कह चुकी हूँ—अपने को और यथार्थ को भूल गई थी। मैं भूल गई थी कि मैं कर्तव्य और उत्तरदायित्व से जकड़ी हुई, एक ऐसी संज्ञा हूँ, जिसका अस्तित्व अर्पित हो चुका है।

''ऊपर से मैं प्रसन्न थी, पर अन्दर ही अन्दर भयानक द्वन्द्व मचा हुआ था मुझमें। कुरूप और कठोर वास्तविकता मेरे इन सुखद सपनों को लगातार झकझोर रही थी, लेकिन मैं ज़बरदस्ती आँखे मूंदे हुए सपनों की दुनिया में विचरण करने

का प्रयत्न कर रही थी। मित्रों का तांता बंधा था, विवाह की तिथि निश्चित हो गई थी—कल ही तो है न वह तिथि? मैंने ऑफिस से एक महीने की छुट्टी ले ली थी, थोड़ा-बहुत जो कुछ मैंने संचित किया था, उसके गहने और कपड़े भी बनवा लिए थे। लेकिन...लेकिन मैंने अपनों को, अपनी भाभी को, अपने भतीजे को, अपनी भतीजी को, अपने जीवन के सबसे बड़े परितवर्तन की सूचना तक नहीं दी।

''रमेश, मैंने उन्हें सूचना नहीं दी, इसलिए कि उन्हें सूचना देने की मुझे हिम्मत नहीं होती थी। मुझसे यह कहने का साहस न होता था कि मैं, जिसकी कुशल-क्षेम की, प्रत्येक क्षण वे लोग कामना किया करते हैं, जिस पर वे सबके सब अवलम्बित हैं, वही मैं अब उनका साथ छोड़कर दूसरे की होने जा रहीं हूँ। कितना सोचा कि गांव जाकर उन लोगों को सारी परिस्थिति को समझा दूं, कितना चाहा कि उन्हें इस उत्सव पर यहां बुलाकर अपने सुख में सम्मिलित कर लूं, पर रमेश, यह सब करने का साहस नहीं हुआ। चोर की भांति में उनसे मुंह छिपा रही थी, अपराधी की भांति मैं उनसे भाग रही थी—उनसे जो मेरे सब-कुछ हैं, जिनकी मैं सब कुछ हूँ।

''किसी एक बहुत बड़े विचारक ने लिखा है, 'वही कर्म पाप है जो छिपाकर किया जाए।' और मैं स्पष्ट देख रही हूँ कि उस विचारक ने पाप की जो परिभाषा की है, वह ठीक है। पर मैं दुनिया से नहीं, अपने से ही डरती थी। मेरे अन्दर वाली कायरता पुकार-पुकारकर मुझसे कह रही थी कि मैं अपराध अथवा पाप के मार्ग पर बढ़ती जा रही थी। पीछे हटने का साहस मैंने खो दिया था।

''इधर पिछले कई दिनों से मेरे ऊपर क्या बीत रही है, तुम नहीं जानते हो। रात-रात-भर में रोई हूँ, तड़पी हूँ, अपने से लड़ी हूँ। तुम्हें इसका आभास नहीं मिल सका, क्योंकि दिन के समय मैं हँसी-खुशी के आवरण में अपने को ढक लेती थी। मनुष्य कितने ढोंग कर सकता है, यह मैंने इन दिनों जाना है। 'हँसी-खुशी' मेरे उस आवरण से ढकी हुई कितनी भयानक तड़पन और वेदना है, यह कोई न जान सका—तुम भी नहीं!

''और रमेश, इस समय मुझे ऐसा लगता है कि इन दिनों मैं तुम्हें एक धोखा देती रही। मुझे शक हो रहा है कि क्या मैं वास्तव में तुमसे प्रेम करती थी? प्रेम में दो अस्तित्व एकत्व प्राप्त कर लेते हैं। उन दोनों के बीच कोई आवरण नहीं रह सकता, एक के सुख-दुख दूसरे के सुख-दुख हो जाते हैं। लेकिन मैं हमेशा तुमसे इतनी दूरी अनुभव की कि मैं अपनी वास्तविकता तुम पर नहीं प्रकट कर सकी। क्या वास्तव में मैंने तुम पर विश्वास किया?

नहीं समझ पा रहीं हूँ, कुछ भी समझा नहीं पा रहीं हूँ। शायद इस सब में दोष मेरा ही है, मुझमें विश्वास की कमी है। मैंने कब किस पर विश्वास किया है? आखिर मैंने अपनी माता, अपनी भाभी से भी तो यह बात छिपाई है; मैंने उनपर ही कब विश्वास किया है? और मैं पूछ रही हूँ कि मैंने अपने ऊपर ही कब विश्वास किया है?

आज शाम हम दोनों ने अपने वैवाहिक जीवन का एक बढ़ा रंगीन कार्यक्रम बनाया था, बिना जाने हुए कि रात के समय मैं स्वयं उस कार्यक्रम को नष्ट कर दूंगी! मैं सच कह रही हूँ कि मैं तुम्हारे साथ नहीं, अपने साथ विश्वासघात कर रही हूँ। लेकिन रमेश मैं विवश हूँ। जिस समय तुम मेरे यहां से गए मैं थकी-सी अपने बिस्तर पर लेट गई थी—अपने एकाकीपन का अन्तिम दिवस व्यतीत करने के लिए मैं सोच रही थी कि कल मैं तुम्हारी हो जाऊंगी। हमेशा के लिए हम दोनों एक-दूसरे के बन जाएंगे। जाने कितनी देर तक मैं यह सब सोचती रही और उसी समय मुझे अपने घर के बाहर एक तांगा रुकने की आवाज़ सुनाई दी और किसी ने मुझे पुकारा—''गीता!''

मैं चौंक उठी—दिल को एक धक्का-सा लगा। स्वर मेरा जाना पहचाना था, उठकर मैंने द्वार खोले। सामने मेरी माता खड़ी थी। मेरी भाभी खड़ी थी और वे दोनों बच्चे—किशोर और कमला खड़े थे। मुझे देखते ही मेरी माता ने कहा, 'बेटी, हम लोगों को तूने खबर ही नहीं दी अपने विवाह की—अरे विवाह के नाम से ही सारी माया-ममता जाती रही, तो फिर आगे क्या होगा?'

और मेरी भाभी ने कहा, ''ऐसा न कहो माता जी, इस खुशी के अवसर पर नाराज़गी क्यों? लेकिन गीता बहन, तुमने यह कैसे समझ लिया कि तुम्हारे विवाह की सूचना पाकर हम लोगों को दुःख होगा—तुम फलो फूलो! देख तो, कमला और किशोर तेरे लिए उपहार लाए हैं, गेहूँ, तरकारी, घी जो कुछ भी हो सका, साथ ले आई हूँ...तांगे वाले, ज़रा सामान उतरवा दो!''

कल मेरी शादी है। जिन लोगों से मैं डरती थी वे सब आ गए हैं। उफ रमेश, वे सबके सब आ गए हैं, वे जो मेरे हैं, जिनकी मैं हूँ, मुझे विदा करने, मुझसे नाता तोड़कर भयानक गरीबी और विवशता के हाथों में अपने को सौंप देने के लिए वे गांव से दौड़े चले आए हैं। वे लोग अपने साथ उपहार भी लाए हैं। जो कुछ भी उनके पास था, उसे सौंपने के समय वे सबके सब हँस रहे हैं, सबके सब प्रसन्न हो रहे हैं। वे उत्सव मनाने आए हैं—हे भगवान्!

मेरी बूढ़ी मां रसोई में बैठी हुई पकवान बना रही है, अपनी लड़की का

विवाह रचाने के लिए! घी, शक्कर, मैदा, मसाला, मेवा, न जाने क्या-क्या वह अपने साथ लाई है, और जब से आई है, तब से लगातार काम कर रही है। वह जो हमेशा बीमार रहती है, मेरे भाई की मृत्यु से जिसका अस्तित्व टूट-सा गया है, उस वृद्धा की आँखों में थकावट नहीं है, उसके प्राणों में पराजय की भावना नहीं है।

और मेरी भाभी, जो तीस साल की उम्र में ही बुढ़िया दिखने लगी हैं, जिसने सिवा दुख और संघर्ष के दुनिया में कुछ जाना ही नहीं, जिसके मुख से हँसी या मुस्कराहट मानों हमेशा के लिए गायब हो चुकी है, जिसके मन में से उमंग मर चुकी है, वह मुझसे कुछ दूर बैठी मेरे बक्स को ठीक कर रही है। उसकी पथराई हुई आँखों में चमक नहीं, भावना नहीं। वह शायद यह नहीं जानती कि यह सब क्या हो रहा है, चुपचाप मशीन की भांति कपड़ों की तह करती है और उन्हें ढंग से रख देती हैं।

और किशोर और कमला—खेलते-कूदते, हँसते-गाते वे अभी-अभी सो गए हैं। शायद वे सपने देख रहे हैं सुन्दर और रंगीन, जहां बाजे बज रहे हैं, आतिशबाजियां छूट रही हैं, गाना-बजाना हो रहा है।

एक अकेली मैं रो रही हूँ। इन लोगों को निराश्रय, भटकता हुआ छोड़कर चले जाने के परिणाम पर मैं सोचती हूँ और कांप उठती हूँ। मैं खुदगर्ज हूँ, मैं क्रूर हूँ, मैं विश्वासघातिनी हूँ, मैं पापिन हूँ!

नहीं-नहीं! मैं अपने से लड़ूंगी, मैं अपने ऊपर विजय पाऊंगी। मैं खुदगर्जी से ऊपर उठूंगी। मैं विश्वास की रक्षा करूंगी, जो दूसरों ने मेरे ऊपर सौंपा है।

रमेश, मैं तुमसे यही कहने बैठी हूँ कि मैं इन लोगों का साथ नहीं छोड़ सकूंगी। कल मैं सुबह यहां न हूँगी, इन लोगों को साथ लेकर मैं एक अज्ञात स्थान को जा रही हूँ, जहां तुम मेरा पता लगाकर मेरा निश्चय न तोड़ सको, जहां आकर अपने सम्मोहन में तुम मुझे न फंसा सको।

और रमेश, यह तुम्हारे हित में ही होगा। मैं कह चुकी हूँ कि मैं उस चिनगारी की भांति हूँ, जो राख से बेतहासा ढक गई। चिनगारी जल रही है और राख बढ़ती जा रही है। और इस समय तो मैं अपने अन्दर असली चिनगारी की जलन का भी अनुमान नहीं कर पा रही हूँ—मुझे ऐसा लग रहा है कि मैं राख हूँ—राख!

सौदा हाथ से निकल गया

राय इकबाल शंकर का रौबदाब उनके रिश्तेदारों या उनके मोहल्लेवालों पर कितना ही रहा हो, उनकी घरवाली राधा, जो रद्धो बीवी के नाम से प्रसिद्ध है, उन्हें निहायत निकम्मा आदमी समझती हैं—और रद्धो बीवी की कुशल सद्गृहिणी होने की ख्याति भले ही दूर-दूर तक फैली रही हो, राय इकबाल शंकर रद्धो बीबी को निहायत गंवार किस्म की औरत समझते हैं और अकसर अपनी भावना को रद्धो बीबी के मुख पर प्रकट भी कर देते हैं। यह क्रम पिछले तीस वर्षों से लगातार चलता आ रहा है। जब इन दोनों का विवाह हुआ था—और जीवन के अनेक उतार-चढ़ावों के बावजूद पति-पत्नी के एक-दूसरे के प्रति इस अभिमत में अंतर नहीं पड़ने पाया।

राय इकबाल शंकर की हवेली के तीन हिस्से किराये पर उठे हैं। चौथे में वह स्वयं रहते हैं। जहां तक काम-काज का सवाल है, न राय इकबाल शंकर के दिवंगत पिता राय हिम्मत बहादुर ने अपनी ज़िन्दगी-भर कोई काम किया और न राय इकबाल शंकर के एकमात्र सुपुत्र राय गोपालकृष्ण से आशा की जा सकती है कि वह अपनी ज़िन्दगी में कोई काम-काज करेगा। वैसे लड़का बुद्धिमान और प्रतिभाशाली है, बी.ए. में उसे फर्स्ट डिवीजन मिला था, लेकिन तीन साल पहले वह जो स्टूडेंट लीडर बनकर छात्र-आंदोलन में जेल गया, तब से उसे राजनीति का चस्का लग गया है और छात्र लीडर की हैसियत से हिन्दुस्तान-भर में दौरे करता रहता है।

राय इकबाल शंकर के पास पुराने ज़माने की एक आस्टिन कार है, जो महीने पन्द्रह दिन आराम करती है और बाकी दिनों में शहर का एकाध चक्कर लगा लेती है। राय इकबाल शंकर खुद ही उस कार को ड्राइव करते हैं, वरना आठ-दस साल पहले ही वह कार कबाड़ी की दुकान में पहुँच गई होती। उनकी हवेली में उनके पिता के जमाने का एक टेलीफोन भी है, जिसका उपयोग बाहरवाले

राय इकबाल शंकर से संपर्क स्थापित करने के लिए करते हैं। इस तरफ रद्धो बीबी ने ताला डाल रखा है और बहुत ज़रूरत पड़ने पर ही उसका ताला खोला जाता है। घर की व्यवस्था सोलह आने रद्धो बीबी के हाथ में है, जिन्हें ज़िन्दगी की गाड़ी घसीटनी पड़ती है।

उस दिन सुबह के समय राय इकबाल शंकर जब नाश्ता करके उठे, उनके मन में आया कि शहर का एक चक्कर लगा लिया जाए। उन्होंने कार निकालने की कोशिश की, लेकिन कार की बैटरी डाउन थी। हवेली से निकलते ही उन्होंने एक रिक्शेवाले को रोका, लेकिन उसने गोकलागंज से हजरतगंज तक रिक्शे के किराये के रूप में जो एक रुपया मांगा, तो राय इकबाल का पारा एकाएक चढ़ गया। उन्होंने तय किया कि मील-सवा मील का रास्ता पैदल ही नाप लिया जाए।

जाड़े के दिन सुबह का नौ बजे का समय। धूप बड़ी सुहानी थी। और राय इकबाल शंकर अपने में ही मगन, छड़ी हिलाते हुए चले जा रहे थे। एकाएक उनके पैर ठिठक गए। नवाब झम्मन के महल की ड्योढ़ी से हाशिम कबाड़ी निकल रहा था—अत्यन्त प्रसन्नता और संतोष की मुद्रा में। उसके पीछे एक कुली के सिर पर लदी हुई एक बहुत ही बड़ी खाने की गोल मेज़ थी, जिसमें कुल दो पाये लगे थे। तीसरा पाया हाशिम हाथ में लिए तलवार की तरह भांजता हुआ चल रहा था। उसके साथ राय इकबाल शंकर की पुरानी मुलाकात थी। उन्होंने बढ़कर हाशिम से कहा—बड़े खुश नज़र आ रहे हो, मियां! कोई अच्छा सौदा करके लौट रहे हो!

हाशिम ने अपना फटा टनेटीवाला हाथ रोका, बड़े अदब के साथ झुक कर राय इकबाल शंकर को सलाम किया—हुज़ूर की बात! अच्छे सौदे तो लद गए अंग्रेज़ों के साथ, जब एक से एक जरीक-बारीक चीज़ें कौड़ियों के मोल मिल जाया करती थीं। अब तो रह गए है बिगड़े हुए फटे-हाल नवाब और रईस, खुद खाने-पीने के मुहताज, तो अब सिवा टूटे-फूटे कबाड़ के रक्खा क्या है! अब देखिए न यह तीन टांग की मेज़, उस पर एक टांग टूटी हुई, यानी बिलकुल अलग! नवाब झम्मन की बेगम से बस इतना सौदा हुआ है।

राय इकबाल शंकर ने मेज़ पर नज़र डाली। उन्होंने अंदाज़ा, तो मेज़ बड़ी पुरानी यानी बाबा आदम के ज़माने की लगी। लेकिन अजीब ढंग की। ऐसी मेज़ उन्होंने ज़िन्दगी में पहले कभी न देखी थी। कोयले की तरह काली। लेकिन उन्होंने भांप लिया कि मेज़ पर किसी तरह का रंग या रोगन नहीं चढ़ा है, वह तो लकड़ी

का रंग ही काला है। यानी असली आबनूस की लकड़ी अपने भाव उन्होंने प्रकट नहीं होने दिए। वह बोले—ठीक कहते हैं, हाशिम मियां, भला यह कोई मेज़ हुई...तीन पाये वाली और उस पर एक पाया अलग।

एकाएक हाशिम का स्वर बदल गया—असली आबनूस की लकड़ी की है, हुजूर! हाशिम की नज़र धोखा नहीं खा सकती, तभी उसने बीस रुपया गड़ाप से थमा दिए बेगम साहिबा को! नवाब साहेब बेचारे तो चार दिन से बेहोश ही पड़े हैं, खुदा जाने कब उनकी जान निकल जाए। मेज़ का जिकर सुनकर जैसे कुछ देर के लिए उन्हें होश आ गया हो, कुछ बड़बड़ाए। हमें तो सिर्फ इतना सुनाई पड़ा—नसीरूद्दीन हैदर...नसीरूद्दीन...! और फिर तुरन्त बेहोश हो गए। तो हम तो यह मेज़ लदवाकर चल पड़े। रुपया-आठ आना देकर जुम्मन बढ़ई से इसकी टांग ठुकवा लेंगे, तो नख्खास की बाज़ार में कोई भी माई का लाल इसे हँसते-खेलते खरीद के ले जाएगा।

राय इकबाल शंकर ने मन ही मन हिसाब लगाया, फिर उन्होंने अपनी जेब से अपनी कुल पूंजी निकाली—दो दस-दस रुपये के नोट, एक पांच का और छह एक-एक के। उन्होंने पचीस रुपयों के नोट हाशिम के हाथ में थमाते हुए कहा—इस सब झमेले में कहां फंसोगे, हाशिम मियां? इस मेज़ को बेचने के लिए तुम्हें साल-छह महीने का इन्तज़ार भी करना पड़ सकता है। तो लो ये पचीस रुपये और मेज़ मेरे यहां पहुंचा दो। मेज़ क्या, मैं तो लकड़ी के दाम दे रहा हूँ तुम्हें।

हाशिम ने नवाब झम्मन की बेगम से पन्द्रह रुपयों में वह मेज़ खरीदी थी। उसने पचीस लेते हुए कहा—हुजूर की बात भला हम टाल सकते हैं? जब आपको यह मेज़ पसन्द आ गई, तब आपकी हुई!—और हाशिम ने वह मेज़ राय इकबाल शंकर के घर पहुंचा दी।

रद्धो बीबी ने जो मेज़ देखी, तो जलकर खाक हो गई—यह दो टांग की काली-कलूटी मेज़! कहां से यह कबाड़ उठा लाए? मैं कहती हूँ ज्यों-ज्यों आपकी उम्र बढ़ती जा रही है, त्यों-त्यों आपकी अक्ल घटती जा रही है! जहां से लाए, वहीं वापस कर आइए। घर में रुपये नहीं हैं, परसों राशन मंगवाना है।

राय इकबाल शंकर ने अपनी गलती महसूस की, लेकिन रद्धो बीबी का पारा देखकर हाशिम वहां से चुपचाप खिसक गया था। एक खिसियाहट में भरी मुस्कान के साथ राय इकबाल शंकर ने रद्धो बीबी से कहा—अब तो खरीद ही ली है मैंने यह मेज़। वापस करने का सवाल ही नहीं उठता। तो सामान की कोठरी में रखवा दो। मेरा मन कहता है, सौदा बेजा नहीं किया है मैंने।

और इसके पहले कि रद्धो बीबी और कुछ कहें, वह अपनी छड़ी घुमाते हुए घर से निकल पड़े।

राय इकबाल शंकर से जैसुख मीरचंदानी की मित्रता कब और कैसे हुई, इस कहानी से इस बात का कोई संबंध नहीं है, लेकिन इतना बतला देना आवश्यक होगा कि जैसुख मीरचंदानी अंतर्राष्ट्रीय ख्याति की क्यारियों के व्यापारी हैं और दिल्ली में उनकी बहुत बड़ी क्यारियों की दुकान है। साल में तीन-तीन महीने वह यूरोप और अमेरिका में रहते हैं। तीन महीने हिन्दुस्तान के विभिन्न भागों का दौरा करते हैं। लाखों और करोड़ों का सौदा वह हर साल कर लेते हैं।

उस दिन दोपहर के समय भोजन करके राय इकबाल शंकर एक नींद लेने की सोच रहे थे, उनके टेलीफोन की घंटी बजी। राय इकबाल शंकर ने टेलीफोन उठाया—हैलो...अरे जैसुख भाई! आप! दिल्ली से बोल रहे हैं, या लखनऊ से...लखनऊ से...तो अब आए आप! सुबह के वक्त! मेरी बड़ी किस्मत! हां-हां, रात का खाना मेरे गरीबखाने में ही रहेगा। शाम पांच बजे तक मैं आपके होटल में पहुंच जाऊंगा।—और राय इकबाल शंकर ने फोन रख दिया।

रद्धो बीबी के हाथ का बनाया खाना जिस किसी ने एक बार खा लिया, वह उंगलियां चाटता रह गया। राय इकबाल शंकर ने रद्धो बीबी को आवाज़ दी—अजी सुनती हो! वह जैसुख मीरचंदानी आया है लखनऊ! कहता है कि रात के वक्त खाना मेरे यहां खाएगा। तो कोरमा और शामी बना लेना। अगर हो सके तो थोड़ी-सी बिरियानी भी बना लेना।

—सब बना लूंगी!—रद्धो बीवी ने झुंझलाकर कहा—घर में एक हफ्ते से डालडा नहीं है...भगवान जाने, कहां गायब हो गया! देहरादूनी चावल भी खत्म हो चुका है! और आप आव देखते हैं न ताव, लोगों को न्योते देते हैं!

राय इकबाल शंकर मुस्कराए—अरे, मुझे तो तुम्हारा भरोसा है! भला उस साले मीरचंदानी को तुम्हारे हाथ से बनाए खाने के मुकाबले का खाना कहां नसीब होगा? तो भाई, तुम्हीं को इंतज़ाम करना है। मुझे तो नींद आ रही है। थोड़ा-आराम करके उसके यहां पांच बजे तक पहुंचना है मुझे।

रद्धो बीबी को एक ही शौक है—अच्छा खाना बनाना और अच्छा खाना खिलाना। प्रसन्न होकर वह बोली...अच्छा, आपको बातें बनानी बहुत आती हैं। आप अब सोइए, नहीं तो आपका मिजाज़ बिगड़ जाएगा!

राय इकबाल शंकर जब अपनी नींद पूरी करके उठे, चार बज रहे थे।

जल्दी-जल्दी उन्होंने कपड़े बदले और घर से निकल पड़े, पीछे से रद्धो बीबी ने आवाज़ लगाई—देखिए, जल्दी आ जाइएगा। मौसम का कोई ठिकाना नहीं, यह भादों की घटा न जाने कब फट पड़े।

राय इकबाल शंकर ने आसमान पर नज़र डाली। पूरब में कुछ काले-काले बादल दिख रहे थे। उन्होंने कहा—मैं कार लिए जा रहा हूँ। जल्दी ही आ जाऊंगा। यह जैसुख मीरचंदानी आठ-साढ़े आठ बजे तक खा लेता है...तो खाना तैयार रखना!—और राय इकबाल शंकर प्रसन्न मन चल पड़े।

मीरचंदानी हजरत गंज के सबसे शानदार होटल में ठहरा था। राय इकबाल शंकर के पहुंचते ही पानी बरसना आरंभ हो गया।

मीरचंदानी ने राय इकबाल शंकर का स्वागत किया—ये साला मौसम भी कितना खूबसूरत है, राय साहेब! तो हमने सोचा कि बरसात का मजा लखनऊ में उठावें! दिल्ली में तो काम करते-करते कवाड़ा निकल जाता है।—और उसने बेयरा से छह बोतलें सोड़ा की मंगाकर अपने सूटकेस से स्कॉच व्हिस्की का एक अद्धा निकाला। दोनों अब इत्मीनान के साथ बैठकर बात करने लगे।

राय इकबाल शंकर ने पूछा—कहो मीरचंदानी, आज लखनऊ में कुछ काम बना?

—काम क्या बनेगा साला, हरेक आदमी चार सौ बीसी हो गया है...बड़ा-बड़ा अफसर और मिनिस्टर तलक; सब जाली माल भेड़ना चाहता है मीरचंदानी के हाथ! वह साला गेंदालाल जरतारी का जामा लाया, बोला—आसुफद्दौला का है! यह नहीं सोचा कि ढाका की मलमल और कोहेनूर मिल की मलमल में ज़मीन-आसमान का फरक होता है। और वह मीर सज्जाद अली बारह तसवीर लाया। बोला—राजपूत कला का है। बिल्कुल नकल! मुश्किल से सत्तर-अस्सी साल पुराना माल! वो तुम्हारा आर्ट कालेज का डाइरेक्टर लंबी-लंबी बातें करता है, लेक्चर झाड़ता है ऊपर से! ना बाबा, जी होता है, लखनऊ छोड़कर चला जाऊं, और फिर यहां आने का नाम न लूं! सब साला कबाड़ा!

—यह तो बुरा हुआ!—राय इकबाल ने अपने गिलास से एक लंबा घूंट लेते हुए कहा।

—अरे हमारा जिगरी दोस्त राय इकबाल शंकर तो है यहां तो उससे मिलना हो गया। फिर यह खूबसूरत मौसम, यह खूबसूरत शहर! रही चार सौ बीसी की बात, तो वह दुनिया-भर में फैली है। अपना तो धंधा ही पूरा चार सौ बीसी का

है!—मीरचंदानी ज़ोर से हँस पड़ा—फिकर न करो, कल सुबह के प्लेन से हम कलकत्ता के लिए रवाना! लखनऊ में काम न बना तो न बना!

एकाएक राय इकबाल शंकर को उस आबनूस की मेज़ की याद आ गई, जो उन्होंने हाशिम कबाड़ी से खरीदी थी और उनकी कबाड़ की कोठरी में पड़ी थी और जिसके संबंध में वह भूल गए थे। कुछ हिचकिचाते हुए उन्होंने कहा—मीरचंदानी, एक आबनूस की डाइनिंग मेज़ मेरे हाथ लग गई है...बहुत बड़ी और गोल। आठ आदमी उसके इर्द-गिर्द बैठकर खाना खा सकते हैं। और इतनी बड़ी मेज़, लेकिन कुल तीन पाये हैं उसमें!

—क्या बकता है राय इकबाल शंकर? आबनूस की इतनी बड़ी मेज़ और उसमें तीन पाये? दिमाग सही है?

—दिमाग बिल्कुल सही है! मेरे घर पर पड़ी...उसका एक पाया अलग हो गया। मैं किसी अच्छे कारीगर से फिट कराने ही वाला था कि मेज़ का वज़ूद ही दिमाग से निकल गया!

—यह मेज़ तुम्हें कहां से मिली?—अब मीरचंदानी के स्वर में उत्सुकता थी।

—यहां एक नवाब झम्मन थे...अभी कुछ दिन पहले उनकी मृत्यु हो गई है, उनके यहां से। यह नवाब झम्मन अवध के किसी बादशाह के रिश्तेदार होते थे...शायद नसीरूद्दीन हैदर के साले के पोते थे। उन्हीं के यहां पड़ी थी। मैं उसे उनकी बेगम से खरीद लाया था। उस वक्त नवाब झम्मन बेहोश पड़े थे।

एकाएक मीरचंदानी का चेहरा गंभीर हो गया—क्या कहा? नसीरूद्दीन हैदर के साले के खानदान वालों से यह मेज़ मिली है तुम्हें? आबनूस की लकड़ी है, और उसमें सिर्फ तीन पाये हैं?—और फिर जैसे उसने अपने से ही कहा हो—क्या यह संभव है? क्या यह संभव है—और मीरचंदानी ने अपनी आँखें बंद कर लीं, जैसे उसे नींद आ गई हो।

राय इकबाल शंकर आश्चर्य से मीरचंदानी को देख रहे थे। उन्होंने कहा—क्या सो गए, मीरचंदानी?

मीरचंदानी ने चौंककर अपनी आँखें खोल दीं। अब उनमें बेहतर चमक आ गई थी। वह बोला—राय इकबाल शंकर, अगर यह माल असली है, तो वाकई बड़ा कीमती है। मैं याद कर रहा था कि मैंने कहां पढ़ा या सुना था...किस्सा यह है कि नेपोलियन ने आस्ट्रिया-हंगरी के शहंशाह की बेटी जोजेफीन से शादी की थी, तब जोजेफीन के साथ एक बढ़ई आस्ट्रिया से आया था...शायद वह बवेरिया का रहने वाला था, कुछ पागल सा आदमी था वह। उसका नाम था

एलबर्ट गुंथर। उसने एक ही डिजाइन की तीन मेज़ें बनाई थीं आबनूस की लकड़ी की। वे डाइनिंग मेंज़ें थी...आठ-आठ आदमियों के लिए और उनमें केवल तीन-तीन पाये लगे थे। उलटना तो दूर रहा, मजाल है कि वे टस से मस भी हो जाएं। तो एक मेज़ तो अमरीका के करोड़पति मिस्टर विंडहम के पास है, एक वारसाई म्यूजियम में सुरक्षित है, लेकिन तीसरी का पता नहीं चल रहा था। अवध के बादशाह नसीरूद्दीन हैदर बड़े शौकीन आदमी थे। अंग्रेज फ्रांसिसी, सभी तर के लोग थे उनकी मुलाजमत में। मुमकिन है, उन्होंने वह तीसरी मेज़ मंगवा ली हो और यह वही तीसरी मेज़ हो।

राय इकबाल शंकर का दिल अब बेतरह उछलने लगा था। उन्होंने दिल को थामकर कहा—मीरचंदानी, मान लो, यह वही मेज़ हुई?

कुछ सोचकर मीरचंदानी बोला—अगर यह वही मेज़ है, तो बड़ी आसानी से किसी अमरीकी करोड़पति के हाथ दस-बीस हजार में निकल जाएगी। तीसरी टांग को बड़ी कुशलतापूर्वक लगाना पड़ेगा...तो फिकर मत करो, हमारे पास एक-से-एक अच्छे कारीगर है दिल्ली में।

राय इकबाल शंकर ने पूछा—तो उसमें मुझे कितना मिलेगा?

अद्धे में बची हुई व्हिस्की को दो गिलासों में बराबर मात्रा में डालते हुए मीरचंदानी बोला, 'तुम हमारे दोस्त हो, राय इकबाल शंकर! तो अगर माल असली है, तो पांच हज़ार तुम्हारे, हमें इसे बेचने में बखत लगेगा। दौड़-धूप करनी पड़ेगी। खिलाना-पिलाना होगा। पांच हज़ार के ऊपर जो मिलेगा, वह हमारी तकदीर का। हमारा लखनऊ आना कारगर साबित हुआ! और उसने घड़ी देखी—आठ बजने वाले हैं। खाना खाने का बखत हो गया। हम नौ बजे सो जाते हैं। लेकिन ये साला पानी रुकने का नाम नहीं लेता!

राय इकबाल शंकर उठ खड़े हुए—मैं अपनी मोटर लाया हूँ। कोई फिक्र की बात नहीं। ठीक नौ बजे में तुम्हें यहां वापस पहुंचा दूंगा। अब चलो।

गृहस्थी किस तरह चलाई जाती है, हरेक चीज़ का आनन-फानन इंतज़ाम कैसे कर लिया जाता है, यह गुर औरतें ही जानती हैं और इस सबकी जानकारी रखने वाली औरतों में रद्धो बीबी का स्थान काफी ऊंचा था। लेकिन बहुत कम लोगों को पता था कि रद्धो बीबी यह सब छमिया महरी के बल पर ही कर पाती थीं। छमिया महरी रद्धो बीबी की नौकरानी, सहेली, सलाहकार सब-कुछ थी। हवेली

के पीछे वाली एक कोठरी रद्धो बीबी ने छमिया को मुफ्त दे रखी थी और उसी के अनुपात में रद्धो बीबी छमिया से मुफ्त काम भी करा लेती थीं।

जिस सामान की भी रद्धो बीबी को ज़रूरत थी, वह सब छमिया उधार-नकद, जैसे भी बना, आनन-फानन ले आई। चार बजे शाम से ही रद्धो बीबी रसोई बनाने में जुट गई। घंटे-भर बाद पानी भी बरसने लगा।

बिरियानी बन गई, शामी के लिए सामान भी तैयार हो गया, सब्जियां बन गईं, कोरमे का मसाला भूना जा रहा था कि एकाएक गैस खतम हो गई।

छमिया पास में ही खडी थी। गैस का चूल्हा बुझते ही बोली—हाय बीबी जी, यह मरी गैस तो बुझ गई! ऐन मौके पर धोखा दे गई! दो हफ्ता पहले तो आई थी!

रद्धो बीबी ने तमतमाकर कहा—सब-के-सब बेईमान और हरामखोर हो गए! देख, ज़रा भट्टी जला ले, नीचे थोड़ा-सा इमली का कोयला पड़ा है, उसे सुलगाकर—और रद्धो बीबी कहते-कहते रुक गई। एक परेशानी सी उनके चेहरे पर आई—और पत्थर का कोयला तो चार दिन हुए, खत्म हो गया! कल ये गए थे कोयला लेने, तो मिसिर ने कहा कि कम से कम एक हफ्ता लगेगा कोयला आने में! शहर के किसी कोल डिपो में कोयला नहीं है।

छमिया ने सहानुभूति प्रकट की—अरे बीबीजी, आगी लागे ई सरकार मां कौनो चीज़ तो बाजार मां नाहीं है! अच्छा ठहरो, हम मिट्टी के तेल वाला चूल्हा जलाये लेती हैं।—और छमिया भंडारघर से स्टोव निकाल लाई लेकिन स्टोव ने तो जलने का नाम नहीं लिया सो न लिया। रद्धो बीबी को एकाएक जैसे कोई बात याद आ गई—अरी, उसमें मिट्टी का तेल ही कहां है, जो जले! इन हरामजादों ने जो चार-पांच दिन बिजली गायब रखी, तो स्टोव से तेल निकालकर लालटेन और ढिबरी में डाल दिया, तब रोशनी हुई!

—ठहरो बीबी जी, मिट्टी का तेल हम बाज़ार से लिए आती हैं, ज़रा राशन कार्ड देना—और मिट्टी के तेल की बोतल तथा राशन कार्ड लेकर वह बाहर भागी।

रद्धो बीबी अब भयानक संकट में पड़ गई साढ़े पांच बज चुके थे। साढ़े सात-आठ बजे तक जैसुख मीरचंदानी को साथ लेकर राय इकबाल शंकर आने को कह गए थे। कुल दो घंटे ही बाकी हैं। कैसे यह सब होगा! उनका जी चाहा कि वह रोयें, लेकिन रोने से तो काम नहीं चलेगा। वह चुप बैठ गई।

पांच मिनट ही में छमिया मुंह लटकाए खाली हाथ वापस लौटी—हाय बीबी

जी, वहां तो फौजदारी हो रही है! सत्तर-अस्सी आदमी लाइन लगाए रहे, तो मारपीट शुरू हो गई—एक बच्चा कुचल गया, दो आदमी अस्पताल भेजे गए, तीन आदमियों को पुलिस पकड़ ले गई तो वह भागी वहां से! और उसने बोतलें तथा राशन कार्ड रद्धो बीबी को थमा दिए।

—अब क्या हो?—बड़े करुण स्वर में रद्धो बीबी ने पूछा।

—फिकर न करो, हम अबहीं लकड़ी का चूल्हा जलाइत हैं, लकड़ी की आंच में जैसा अच्छा खाना बनता है, वैसा भला गैस, पत्थर के कोयले की भट्टी और तेल स्टोव में क्या बन सकता है! आनन-फानन सब हुआ जात है।

—लेकिन जलाने की लकड़ी तो इस घर में दो-तीन साल से नहीं आई!— रद्धो बीबी रूआंसे स्वर में कहा।

हम अबहीं लेत आइत हैं। लाला भीखूमल का टाल आजकल चौबीस घंटा चल रहा है। न गैस, न कोयला, न मिट्टी का तेल! झख मार के लकड़ी खरीदी! लेकिन ऐसे दाम बढ़ा दिए हैं उस हरामजादे ने कि कुछ पूछो न!

हारे हुए स्वर में रद्धो बीबी ने कहा—जो हो, अब तो नाक का सवाल है! तो ले आ पांच सेर लकड़ियां। कल दौड़-धूप कर के गैस, पत्थर के कोयले या मिट्टी का तेल का इंतजाम किया जाएगा।

दस मिनट के अन्दर ही छमिया पांच सेर लकड़ियां ले आई कागज़ और इमली के कोयले के सहारे लकड़ियां जलाई गईं और देगची चूल्हे पर चढ़ गई।

रसोईघर धुएं से भर गया। बरसात की गीली लकड़ियां, वह भी कच्ची, नई चिरी हुई, जलने का नाम न लेती थीं। छमिया बोली—बीवी जी ये लकड़ियां तो गीली हैं! इस चूल्हे में तो आधी रात तक भी खाना न बन पाएगा!

—दौड़ के भीखूमल के यहां से सूखी लकड़ी ले आओ।...रद्धो बीबी ने हुक्म दिया।

—अरे बीबी, बरसात में भला सूखी लकड़ी कहां मिलेगी! भीखूमल ने सूखी लकड़ी कह के तो यह लकड़ी दी है! फिर अब तो पानी भी जोर से गिरने लगा है। तो इन्हीं लकड़ियों से काम चलाना पड़ेगा, जैसे भी हो।

रद्धो बीबी और छमिया मेहरी धुएं से दोनों की आँखें लाल हो रही थीं। साठ वाट के बिजली के बल्ब का प्रकाश एक अंगारे के प्रकाश की भांति दिख रहा था। चूल्हा धौंकतें-धौंकते दोनों हाथ थक गए थे। चूल्हा फूंकते-फूंकते दोनों

की सांसें फूल रही थीं। झल्लाकर रद्धो बीबी छमिया का हाथ पकड़कर रसोईघर से बाहर निकलीं। उन्होंने छमिया से कहा—खोल उस कवाड़ की कोठरी को। पुरानी चारपाइयों को। पुरानी चारपाइयों के पटिये या पाये पड़े हैं। वे तो सूखे होंगें। बीस-तीस साल पुरानी लकड़ियां!

छमिया खुशी से उछल पड़ी—वाह बीबीजी! यह बात खूब सूझी! आम और जामुन की लकड़ी बिल्कुल मशाल की तरह जलेगी।

कोठरी खोली गई और तभी एक मेज़ का एक पाया छमिया के हाथ आ गया। छमिया बोली—अरे बीबीजी, यह टूटा पाया हाथ में लग गया है। बड़ा वजनी है, पांच-छै सेर का होगा।

—बस-बस! काम बन गया!—रद्धो बीबी बोलीं—एकदम सूखी और वेकार लकड़ी है यह। चल, रसोईघर में...जल्दी कर।

—लेकिन बीबीजी, इस पाये को चीरना बड़ा मुश्किल काम होगा। पत्थर की तरह ठोस है यह लकड़ी! छमिया ने चलते हुए कहा।

—अरी, चल के चूल्हें में लगावें तो! एक दफे अगर जो इसने आग पकड़ ली, तो बुझेगी नहीं! मैं पुरानी लकड़ियों को अच्छी तरह जानती हूँ—और मेज़ की टांग को लेकर दोनों रसोईघर में पहुंचीं। टांग चूल्हे में डाल दी गई एक तरफ रद्धो बीबी ने पंखे से चूल्हा धौंकना आरम्भ किया, तो दूसरी ओर छमिया महरी ने मुंह से चूल्हा फूंकना आरम्भ किया। देखते क्या हैं कि दो मिनट के अन्दर ही मेज़ के पाये ने आग पकड़ ली और रसोईघर प्रकाश से जगमगा उठा।

छमिया खुशी से चीख उठी—अरे बीबी, यह पाया तो मशाल की तरह जल रहा है...कैसी तेज़ आंच है! चलो, काम बन गया!

रद्धो बीबी भी चहक उठीं—गैस के चूल्हे की भाप में इतनी आंच नहीं हो सकती! और फिर कैसे धीरे-धीरे यह पाया जल रहा है! पूरा खाना इस एक टांग से बन जाएगा!

बाकायदा कोरमा बनाना आरम्भ हो गया। उस समय घड़ी में साढ़े सात बज चुके थे।

जिस समय जैसुख मीरचंदानी को साथ लेकर राय इकबाल शंकर घर पहुंचे, पूरा खाना तैयार था, सिर्फ रोटियां सिकना बाकी था। सवा आठ बज रहे थे और जैसुख मीरचंदानी को बड़ी ज़ोर की भूख लगी थी। उसने कहा—राय इकबाल शंकर, पहले डिनर, फिर बातचीत!

रद्धो बीबी खाना परोस रही थीं और छमिया महरी रोटियां सेंक रहीं थी। जैसुख मोरचंदानी खाना खाता जाता था और खाना खाने की बेतहाशा तारीफ करता जाता था—अ-हा-हा-हा! क्या कोरमा! क्या शामी है?

और ऐसी बिरियानी तो हमने कभी खाई ही नहीं! अगर स्वर्ग है, तो इस लखनऊ में! और इधर रद्धो बीबी अपनी तारीफ सुनकर खुशी से फूली न समा रही थीं।

खाना खाकर जैसुख मीरचंदानी ने कहा—राय इकबाल शंकर, अब ज़रा वह तुम्हारी आबनूस की मेज़ भी देख ली जाए।

राय इकबाल शंकर ने कबाड़ की कोठरी का दरवाज़ा खोला। छमिया महरी की मदद से राय इकबाल शंकर ने और जैसुख मीरचंदानी ने मिलकर वह मेज़ बाहर निकाली। फिर उसे कमरे में लाए। नियोन लाइट के तेज़ प्रकाश में अपनी आंख मिचमिचाते हुए मीरचंदानी कुछ आश्चर्यचकित सा उस मेज़ को देखता रहा। फिर वह जैसे उछल पड़ा—वही है वही है...वही तीसरी मेज़! विडहम के यहां काली मेज़ बिलकुल इसी तरह की है! इसके एक पाये में एलबर्ट गुंथर का नाम नक्श होगा।—और उसने झुककर मेज़ के दोनों पायों को गौर से देखना आरम्भ किया।

लेकिन उसे उन दो पायों में एलबर्ट गुंथर का नाम नहीं मिला। हारकर उसने कहा—राय इकबाल शंकर, इस मेज़ का तीसरा पाया कहां है? उसमें वह नाम होगा।

—वह वहीं उसी कोठरी में डाल दिया था, उसे निकलवाता हूँ।

—और उन्होंने रद्धो बीबी की ओर देखा—वह इसका तीसरा पाया, जो टूटा हुआ था, वह तो निकाल लाओ।

छमिया महरी वहीं पास खड़ी थीं। वह बोली—वह तो चूल्हे में लग गया है, तब कहीं खाना बना है जाकर!

राय इकबाल शंकर को जैसे अपने कानों पर विश्वास नहीं हुआ—क्या कहा? वह पाया चूल्हें में लग गया?

—हां-हां, चूल्हे में लग गया!—रद्धो बीबी बोली—ऐन मौके पर गैस चली गई, पत्थर का कोयला एक हफ्ते से बाज़ार से गायब है, मिट्टी के तेल के लिए दुकान पर फौजदारी हो रही है, सर फूट रहे हैं, और वह मरा टाल वाला, गीली लकड़ियां, और वह भी बेतहाशा महंगी! खाना बनता तो कैसे? पुरानी सूखी हुई बेकार लकड़ी के नाम पर वह पाया दिखा, तो लगा दिया उसे चूल्हे में!

जैसुख मीरचंदानी ने निराश भाव से कहा—एक शानदार सौदा हाथ से निकल गया! यह मेज़ असली है, इसे साबित करने को कोई सबूत अब नहीं रह गया!

राय इकबाल शंकर ने अपना माथा ठोंक लिया—अरी भली - मानुष, पाया नहीं जला, पांच हज़ार की रकम जल गई है मेरी! और फिर उन्होंने मीरचंदानी से कहा—जैसुख भाई, चलो, इसके पहले कि मैं इस गम के सदमें से बेहोश हो जाऊं, तुम्हें तुम्हारे होटल पहुंचा दूं।

❑❑❑